書下ろし

闇奉行 化狐《ばけぎつね》に告ぐ

喜安幸夫

祥伝社文庫

目次

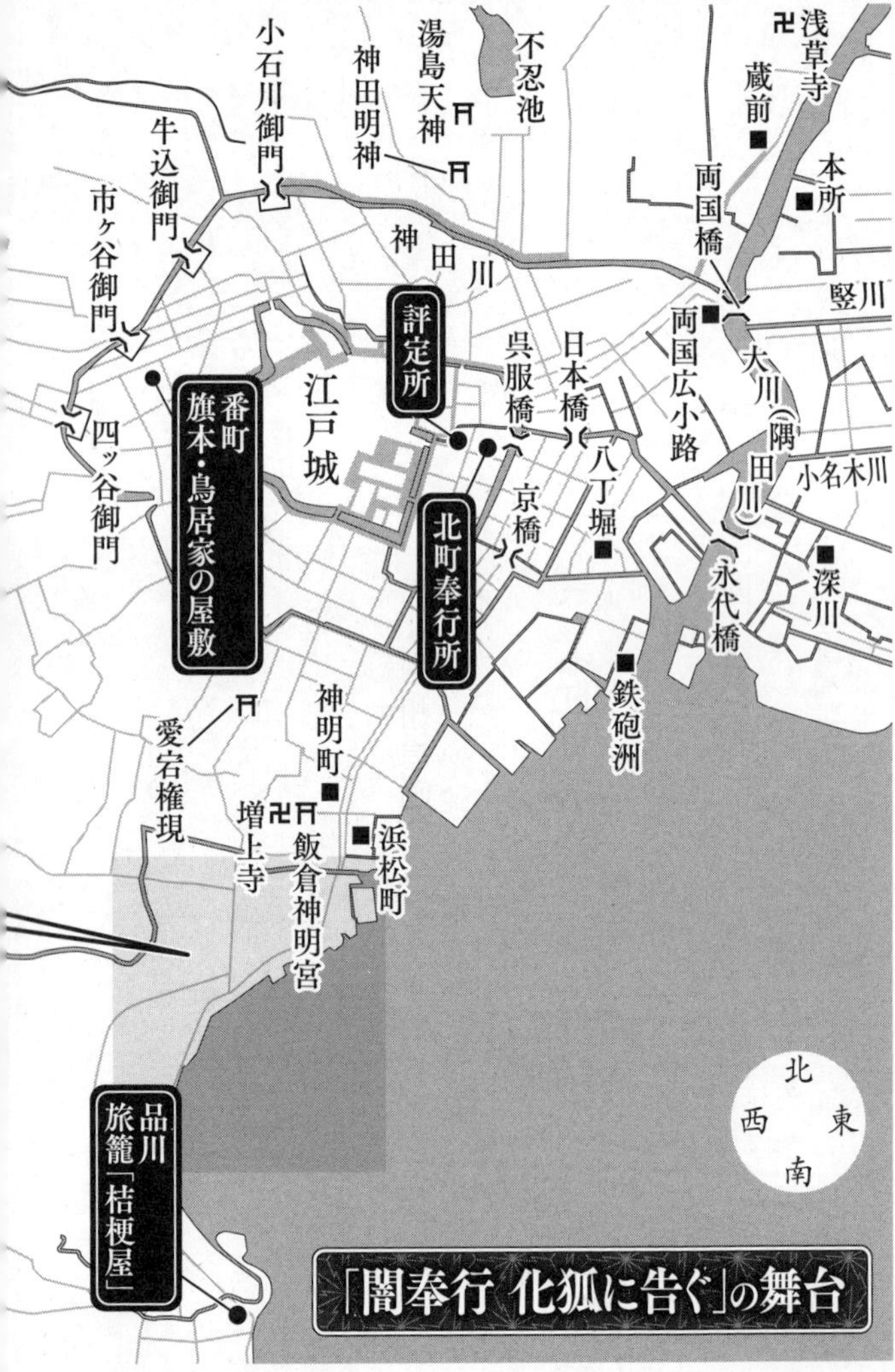

浅草寺
蔵前
本所
両国橋
竪川
両国広小路
大川（隅田川）
小名木川
深川
永代橋
鉄砲洲
八丁堀
日本橋
京橋
呉服橋
不忍池
湯島天神
神田明神
神田川
小石川御門
牛込御門
市ヶ谷御門
四ッ谷御門
評定所
江戸城
北町奉行所
番町
旗本・鳥居家の屋敷
愛宕権現
神明町
増上寺
飯倉神明宮
浜松町
品川
旅籠「桔梗屋」
北
西
東
南
「闇奉行 化狐に告ぐ」の舞台

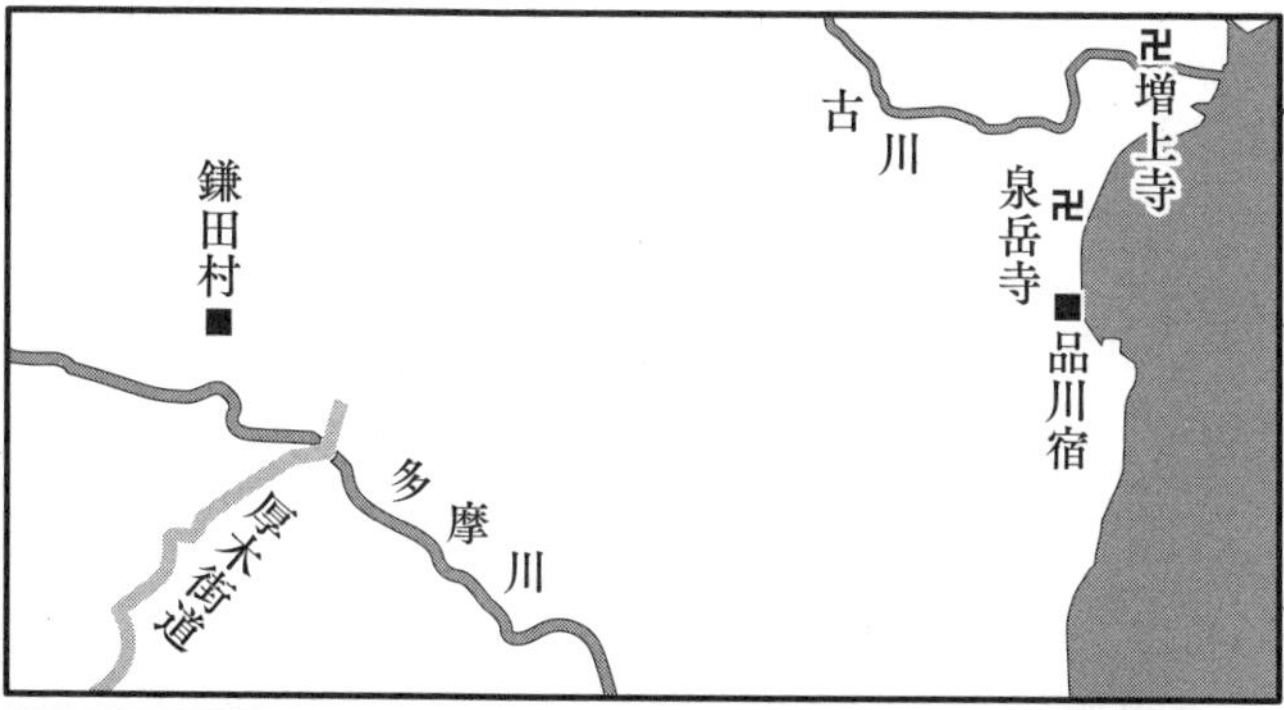
増上寺
古川
泉岳寺
品川宿
鎌田村
多摩川
厚木街道

古川
赤羽橋
中門前三丁目
弥之市一家
金杉橋
金杉町
小料理屋
「浜久」
元札ノ辻
人宿「相州屋」
三田寺町
田町
幽霊坂
魚籃坂
泉岳寺
高輪
大木戸

地図作成／三潮社

一　狐《きつね》に告ぐ

一

夜明け前から音を立てていた木枯《こがら》しが、午時《ひる》分には雲も一緒に連れ去り、おさまりを見せた。

文政《ぶんせい》二年（一八一九）もすでに極月《ごくげつ》（十二月）に入ったのでは、にわかに陽光が降りそそいでも小春日和《びより》のようにはならない。

それでも街道を行く諸人《もろびと》は、ホッとした表情になっている。

お沙世《さよ》が砂を掃《は》き落とし、雑巾《ぞうきん》で拭《ふ》いたばかりの縁台に、

「これでやっと、穏やかに江戸に戻った気分になりましたよ」

と、旅装束の男が座った。いずれかのお店者《たなもの》のようだ。

江戸府内の東海道筋《とうかいどう》で、田町《たまち》四丁目の札《ふだ》ノ辻《つじ》の茶店である。東海道を踏み江戸府内に入った者には、この田町の札ノ辻が、日本橋《にほんばし》や神田《かんだ》のほうへ進む者と赤坂《あかさか》や四ツ谷《よつや》方面に向かう者の分岐点になっている。

「大変だったでしょう。さっきまでけっこう吹いていましたから」

お沙世はいたわるように、盆に載せて来た湯飲みを縁台に置いた。茶店の看板娘で、目鼻もととのい愛想もいい。

旅帰りの者はホッとしたように熱いお茶をひと口飲み、

「姐《ねえ》さん、ここなら街道で品川《しながわ》の向こうの話でも入って来るんだろうねえ」

「そりゃあ場所柄、箱根《はこね》や小田原《おだわら》の話でも」

お沙世は盆を小脇に、往還《おうかん》にまで出している縁台の横に立って応《こた》えた。

旅帰りの者はつづけた。早く誰かに話したいようだ。

「いや、そんなに遠くではない。さっきも言った品川の先の鎌田村《かまだむら》という土地《ところ》を知っていなさるか。大きな村だ」

「ああ、知っています。六郷川《ろくごうがわ》の渡しより手前の村でしょう。そこがなにか」

「きょう、まだ朝のうちだった。ちょいと風除《よ》けに村へ入ったのさ。あの一帯で狐《きつね》が人を化《ば》かすって話、聞いたことはないかね」

「えっ、狐がどうかした？」

「人を化かすって？」

お沙世が応えるよりも早く言いながら縁台に近寄って来たのは、向かいの相《そう》州《しゅう》屋《や》の寄子宿《よりこやど》をねぐらにしている、おクマ婆さんとおトラ婆さんだった。風が熄《や》んだので商《あきな》いに出ようと、寄子宿の路地から街道に出たところで、向かい側から狐が人を化かすなどと聞こえたものだから、

（これは聞き逃せない）

と、足の向きを変えたのだ。二人とも外商《そとあきな》いをしているせいか、耳は早い。おクマとおトラだけではない。相州屋のあるじ忠吾郎《ちゅうごろう》まで、

「ほう。狐が人を化かす？」

言いながら近寄って来た。達磨《だるま》を思わせる顔に貫禄のある体軀《たいく》だ。忠吾郎も風が熄んだので、ふらりと街道に出て来たようだ。

「あらら、おクマさんとおトラさんだけでなく、旦那まで」

と、お沙世にすればお向かいさんで、家族のようなものである。

「いま、こちらのお客さんから、おもしろそうな話を聞いていたんですよ」

「だからさあ、狐が人をどうしたって？」

おクマがさきを急《せ》かした。

話す側にすれば、聞く者は多いほうがいい。貫禄のある忠吾郎が加わったせいか、お店者の言葉が鄭重《ていちょう》になった。忠吾郎はとなりの縁台にお店者と向かい合うように腰を据え、おクマとおトラはこれから商いに出るためか、立ったままである。見かけは婆さんでも、足腰は達者なようだ。

「さっきはつむじ風まで起こり、街道はひどい土ぼこりでしたじゃ。ちょうど鎌田村にさしかかっていたもので、砂除けに軒端《のきば》を借りようと村の中に入りましたのじゃ。つむじ風はすぐに収まり、街道に戻ろうと軒端を離れ、そう、街道から村に入ってすぐのところでした。立て札が立っていたのですよ。入るときは笠を押さえ下を向いていて、気がつかなかったのですが。すると村人が二人そこを通りかかり、一人がいきなり持っていた鍬《くわ》をふり上げ」

「――このぉーっ、人を化かしおって！」

大声で叫び、その高札《こうさつ》を叩き割ろうとしたという。

「いやあ驚きましたよ、突然のことで」

お店者は言う。

お沙世も忠吾郎もおクマ、おトラも聞き入っている。

話はつづいた。

もう一人の村人が鍬をふり上げた男にしがみつき、

「――よせ、よすのじゃ！　これを叩き割ったら、あとでどんな祟《たた》りがあるかわからんぞっ」

「――うううっ」

〝祟りが〟と言われた男は、

「やむなくといったようすで力を抜き、鍬も下ろし、二人そろって立て札の前を通り過ぎて行きましてね」

「ふむ」

忠吾郎はうなずき、

「それで立て札にはなにが」

お沙世が問いを入れた。

「もちろん見ましたよ。冒頭に……」

――告狐
「そう。狐に告ぐ、などと書いてあったのですよ」

「えぇえ、狐に告ぐ!?」

と、おクマとおトラ。

旅帰りのお店者はつづけた。

「文は短いものでした。狐が鎌田村をみだりに徘徊《はいかい》するを赦《ゆる》さず、見つけしだい叩き殺すゆえ、さように心得よ……などと」

「ええぇ、お狐さんを殺す!?」

「そりゃあ、祟りが！」

おクマとおトラは同時に声を上げ、

「鎌田村に、お稲荷《いなり》さんはないんですか」

お沙世までが問いを入れた。

さすがに忠吾郎は冷静だった。

「高札には、触《ふ》れを出した者の名が記《しる》してありましたろう」

「ありました。鎌田村代官所……と。あのあたりなら、いずれかのお旗本が将軍さまより拝領《はいりょう》なされている知行《ちぎょう》地かと思います。そのお旗本のお代官が……」

「その拝領地に、狐が出て人に悪戯《わるさ》を……？」

「だからというて叩き殺すなど……。恐ろしいよう」

と、またおクマとおトラ。

忠吾郎はふたたび訊《き》いた。

「在所のお人が、その高札を叩き割ろうとした理由《わけ》は……？」

「そりゃあ、狐が村に入ってお百姓さんらに悪戯するからだろ」

「どんな？」

おクマとおトラのやりとりになりかけたのへお店者は、

「そのお百姓衆を呼び止め、訊きましたよ」

「ほう。どうでした」

と、忠吾郎。

「――よそ者には、係《かか》り合《あ》いのねえことで」

「――早《はよ》う村から出て行きなされ。あんた、なにしにここへ入《へえ》って来なさった」

と、村人は追い返す仕草をしたという。

「取りつく島もないとは、このことでございましょう。つむじ風もなくなっておりましたので、早々に街道へ戻りましてな。品川を抜け、高輪《たかなわ》の大木戸まで帰ったころには風も消えてお天道さままで照ってくれまして。おっと、私はまだ日本橋まで戻らなきゃ。店の者がみんな待っておりますので」

言うと旅帰りのお店者は、お代を縁台に置いて腰を上げ、

「四日前にもあそこを通ったのですが」

と、街道のながれに入った。

おクマとおトラも、

「恐いよう。あたしらこれから、高輪大木戸のほうへ行こうと思うていたのに」

「あのあたりまでお狐さん、出ないだろうねえ」

「大丈夫ですよう。大木戸なら人通りもいっぱいありますし」

お沙世は、さきほどのお店者が帰って来た方向に向かう二人の背を見送った。

おクマは蠟燭《ろうそく》の流れ買いで、家々をまわって蠟燭のしずくをかき集めて買い取り、それを蠟燭問屋で買い取ってもらう商いをしている。蠟《ろう》のしずくはふたたび蠟燭に再生される。

おトラは付木《つけぎ》売りで、木を紙のように薄く削って短冊よりも小さく切りそろえ、先端に硫黄《いおう》を塗った束を売り歩いている。火打石で取った火花を炎《ほのお》にするための必需品で、これも家々を一軒一軒まわる商いである。

いずれもかさばるものではなく、年老いた者の仕事として、若い者は遠慮して手を出さない。二人は相州屋の寄子宿をねぐらに、いつもつるんで商いに出てい

る。太めで丸顔のおクマと、細めで面長《おもなが》の顔のおトラの組合わせは、田町の界隈《かいわい》で知らぬ者はない。

茶店には忠吾郎とお沙世が残った。達磨顔の忠吾郎が、脇差ほども長さのある鉄製の煙管《きせる》を手に、向かいの茶店の縁台に腰かけ、街道の人のながれを見つめている姿は、札ノ辻の景色の一つになっている。

場所柄札ノ辻には、いずれかの在所で喰いつめた者が、江戸に行けばなんとかなると思い、くずれた髷《まげ》にぼろをまとい、ふらふらと通ることがよくある。なかには若い女もいる。それらが江戸に入っても無宿者となるだけで、まともな生活が得られる可能性は低い。

往還にまで出された縁台に腰かけ、忠吾郎はそうした者を往来人の中から見つけ出し、声をかけて寄子宿へ入れ、まともな奉公先を探してやっているのだ。寄子宿へ入った者を、寄子《よりこ》といった。忠吾郎の相州屋の寄子になり、救われた者は数知れない。いわば奉公先斡旋《あっせん》の口入屋《くちいれや》だが、相州屋のように寝泊まりできる長屋を持った口入屋を、とくに〝人宿《ひとやど》〟といった。相州屋のあまり目立たない暖簾《のれん》や看板にも〝人宿相州屋〟と書かれている。

おクマとおトラは、忠吾郎が十年前にここ田町四丁目の札ノ辻に人宿相州屋を開業したときからの寄子で、そのままいままで住みついている。蠟燭の流れ買いや付木売りで、どこかに長屋のひと部屋を借りるなど、できることではない。在所で喰いつめ、運よく相州屋に拾われて寄子となった者に、古参のおクマとおトラが、

「――江戸の暮らしは、そう甘いものじゃないよ」

と諭《さと》し、これからの日々の指南役《しなんやく》になる。相州屋にとって、二人は貴重な存在なのだ。

お沙世は、まだおクマとおトラの背に視線を向けたまま、

「二人とも、きょうは高輪の大木戸から一歩も外へ出ないかもしれませんねえ」

「たぶんな。それにしても、奇妙な話だなあ」

「ほんとうなんでしょうか、鎌田村で狐が人を化かすなんて」

視線を戻したお沙世に、忠吾郎は鉄の長煙管をくゆらせながら言った。

「鎌田の狐など、わしはきょう初めて聞いたが、おまえは聞いたことあるか」

「いいえ、わたしも初めてです。さっきのお人、四日前にも鎌田村を通ったとおっしゃっていましたから、狐が人を化かしたのはそのあとでは」

「違う。四日前に通ったのは街道だけだろう。高札は村の中だ。それに村の住人

は、話が外に洩《も》れるのを嫌っているようだしなあ」

「あ、それなら、話はもっとまえから」

「そういうことになる」

「まあ。鎌田の狐、どんな悪戯《わるさ》をしているのかしら」

「さあてなあ」

忠吾郎は長煙管の煙草《たばこ》を大きく喫《の》んで、ゆっくりと吐いた。お沙世以上に忠吾郎は、鎌田の狐と〝告狐〟の高札に興味を持ったようだ。

二

おなじころだった。すでに風は熄み、陽が照っている。高輪の大木戸を出て、海浜に沿った街道を進み、品川宿に入る手前、お沙世の縁台に腰を下ろした旅帰りのお店者が歩を踏んだすこしあとになろうか。風が強いときには、袖《そで》ケ浦《うら》の波しぶきが街道にまで吹き上げていたことだろう。実際に往還は湿っていた。

その海浜沿いの街道で、高輪大木戸と品川のあいだにしては珍しく、茶店やそば屋、旅籠《はたご》などの立ちならぶ一角がある。南北に走る街道へ西手の高台から延びて来た、急な下り坂の往還が街道にぶつかり丁字路《ていじ》を成している。街道からは上り坂となるその坂道を上り切ったところに、泉岳寺《せんがくじ》の山門が江戸湾を見下ろしている。浅野内匠頭《あさのたくみのかみ》と大石内蔵助《おおいしくらのすけ》ら赤穂《あこう》浪士の墓所《はかしょ》が境内《けいだい》にあり、街道筋にちょっとした門前町を形成しているのだ。

その泉岳寺の裏手に竹やぶが広がっており、冬場で落ちた笹《ささ》が茶色く枯れて積もっている。

その枯れ笹の中から、かすかに人の声が聞こえる。うめき声だ。地の笹は風で吹き飛ばされ、それ以上の枯れ笹が新たに落ちている。

「しーっ」

叱声《しっせい》を吐き、

「しばらくの辛抱だ。声を出すな」

息だけの声で言ったのは、羅宇屋《らうや》の仁左《じんざ》だった。おクマやおトラとおなじ、相州屋の寄子である。

札ノ辻の寄子宿をねぐらに、おクマやおトラと違って江戸のすみずみまで商いの場としている。田町一帯の近場をまわるときは、おなじ寄子で古着売りの宇平《うへい》とつるんでいる。

だがきょうは品川の得意先に行くことになっており、遠出で風も強かったことから一人で出かけた。宇平の古着屋は、雨はむろん風の強い日も商いはできず、きょうは寄子宿に引きこもった。

風の中を寄子宿の路地から出て来た仁左に、縁台を外に出しかけたお沙世が、

「――あら、きょうは一人ですか」

声をかけたのへ、

「――ああ、この風だ。宇平さん、商いにはならないからなあ」

「――そういえばそうね。仁左さんも気をつけて」

「――ああ、ありがとうよ。お沙世さんもなあ」

と、言葉を交《か》わし、品川へ向かったのだ。お沙世は土ぼこりの舞う街道に立ち、目をすぼめしばらく仁左の背を見送っていた。

羅宇屋は背に商売道具を入れた木箱を背負っており、木箱にはいくつもの抽斗《ひきだし》があり、煙管の雁首《がんくび》や吸い口、布切れ、それに煙草もいくらか入っている。一番上の蓋《ふた》には孔《あな》がいっぱい空いていて、そこに挿《さ》しこんでいる羅宇竹《らうだけ》が、歩に合わせてカシャカシャと音を立てる。町場の枝道や路地では、触売《ふれうり》の声を上げなくても、カシャカシャの音で羅宇屋の来たことがわかる。だがきょうは強い風で、そ

の音も聞こえない。

品川の得意先とは、宿場の表通りから脇道に入った、いくらかうらぶれた桔《き》梗屋《きようや》という小ぢんまりとした旅籠《はたご》だった。

その桔梗屋のあるじが煙管の羅宇竹に凝《こ》っていて、虎目《とらめ》のいいのがあれば見せてくれと以前から頼まれていたのだ。それが手に入り、強い風もいとわず品川まで出かけたのだ。煙管の吸い口と雁首をつなぐ羅宇竹で、虎目模様の浮かんだものはきわめて珍しい。煙管の脂取《やにと》りがおもな仕事である羅宇屋にとって、雁首のすげ替えのときこれが一本売れれば、それだけで十日分くらいの商いの利が得られる。風の中の遠出でも、いとわないはずである。

その桔梗屋からの帰りである。

まだ午前《ひるまえ》で、風は吹いていた。土ぼこりの舞う町場の街道を抜ければ、片側が袖ケ浦の海浜となる。泉岳寺はまだすこし先だが、土ぼこりはなく、代わりに海浜からの波しぶきが街道にまで吹き上げている。このような日でも、さすがは品川と江戸のあいだか、人はもちろん荷馬や大八車も出ている。

品川宿で、枝道を東海道の表通りに出たときから、

(ん、あれは?)

と、仁左は気づいていた。

手拭《てぬぐい》で頰《ほお》かぶりをし、あるいは笠を手で押さえ、いずれもがうつむきかげんに歩いているなかに、ひときわ早足の野良着《のらぎ》姿に綿入《わたい》れを着こんだ男がいた。江戸のほうへ向かっている。これから仁左の帰る方向である。

綿入れの男も頰かぶりでさらに顔を隠すように笠を手で押さえ、もう片方の手は、なにか大事なものでも入っているのか、ふところを押さえている。

それだけなら、近在の百姓衆がいずれかへ急いでいると思うだけだが、仁左が目をつけたのはその背後である。袴《はかま》の股立《ももだち》を取り、羽織の背には打飼袋《うちがいぶくろ》を結んだ、旅装束と思える武士が二人、急ぎ足の野良着姿のうしろにぴたりとつき、歩調まで野良着姿に合わせている。その間隔は四間（およそ七米《メートル》）ばかりか、武士二人も手甲《てっこう》を着けた手で塗り笠を押さえ、前かがみに歩を踏んでいるが、風除けよりも顔を隠すためのように見える。それらのようすに、

（みょうだ。放っておけないぞ）

仁左は武士二人の背後に尾《つ》いた。いつもなら背でカシャカシャと鳴る道具箱の音が風の音に吹き消され、好都合だった。

野良着姿はときおり背後をふり返り、怯《おび》えたような足取りになって歩を速め、

武士二人もまたそれに合わせ、なかば駈け足にもなる。風の中では急ぎ足も周囲からは自然に見え、武士二人には都合のいい風となっている。

（あの男、尾けられていることに気づいている）

そのことが、双方の所作から看《み》て取れる。

尾行が対手《あいて》に気づかれたなら、その時点で尾ける意味はなくなり、あきらめるか襲いかかるか二者択一の展開になる。

だが、尾行はつづいている。

（みょうだ。なにゆえこうした尾行が……）

念じながら、前面の二人に歩調を合わせた。間隔は三間（およそ五米）も開いていない。二人とも前面の野良着姿に全神経を集中しているのか、背後に自分たちを尾ける者がいることにまったく気づいていない。

（えっ、まさか！）

仁左は思うと、心ノ臓の高鳴りを覚えた。

（武士二人は、野良着姿の殺害を意図している。野良着姿はそれを察し、なんとか逃れようとしている）

そう解釈すれば、眼前の奇妙な尾行の説明がつく。殺害は、衆人環視のなかではできない。人知れず……だとすれば、人の往来がある町並みは、あの男の命綱になっている。

思ったとき、それぞれの足は品川宿の町並みを出ていた。一方は袖ケ浦の海浜で、もう一方は樹林となり、粗末な民家か物置のような建物がまばらに立っている。いまでは四間の間合いが命綱のようだ。風が強くても嵐《あらし》ではない。街道には人通りもあれば荷馬も動いている。

(間違っても林の中に逃げこむな!)

仁左は念じた。

いま仁左の念頭は、

(助けねば)

その思いに差配《さはい》されている。

(殺されかけている者がそこにいるから)

理由はそれだけである。だが仁左はいま、武器になるような得物は持っていない。金属といえば、真鍮《しんちゅう》の雁首か吸い口くらいのものである。

(このまま、まっすぐ進め)

再度、仁左は念じた。樹間に入れば、みずから人目を絶つことになる。武士二人には好機である。追い、そこに悲鳴が上がっても、海浜にうなる潮騒《しおざい》がかき消すだろう。

男の足はますます速くなり、武士二人はそれに合わせる。ときおり街道にまで吹き上げる波しぶきが、人々の視界をさえぎる。

（これも好機）

思える。間合いをつめ、波しぶきが吹き上げた瞬間に抜打ちをかけ樹間に飛びこめば、人目を避けた殺害は達成される。

吹き上げた。波しぶきだ。刹那《せつな》、武士二人も前方の男も視界から消えた。すぐに見えた。男は無事だった。

（武士二人に、その技量がないのか）

だが、危険である。

仁左は、武士たちと男のあいだに割りこもうと思った。そのまま泉岳寺の丁字路まで進み、男を茶店か旅籠に引きこめば、なんとか助ける策も見いだせよう。丁字路周辺の建物は、すぐそこに見えている。

歩を速めた。

そのときだった。前方の男の歩んでいるところに、粗壁《あらかべ》の建物が二棟ならんで立っていた。

「いかん！」

仁左は思わず声を上げた。その二棟のあいだに、野良着に綿入れの男は駈けこんだのだ。

武士二人には、またとない好機だ。

「あ、待て！」

潮騒のなかに聞こえた。あとを追い、粗壁と粗壁のあいだに駈けこむ武士の一人が抜刀したのを、仁左の目はとらえた。

駈けこんだ。

「ギェーッ」

聞こえた。奥のほうからだ。街道には波しぶきが吹き上げ、聞こえなかっただろう。

裏手が草地になっていた。

そこに倒れこむ野良着姿が目に入った。武士は二人とも抜刀しており、とどめを刺そうとしている。

「人殺しーっ」

仁左は道具箱を背負ったまま身をかがめ突進し、一人の武士の腰に背後から体当たりした。

「うわっ」

「なにやつ！」

体当たりを受けた武士は前のめりに体の均衡をくずし、もう一人は野良着姿へのとどめよりも仁左のほうへ刀を向け、

「ううっ。きさま、なにやつ！」

「こ、これは！」

背後から体当たりを受けた武士も、刀こそ落としていなかったものの驚きの声を上げた。

仁左は体当たりと同時に武士の脇をすり抜け、野良着姿の前に立ちはだかっただけではない。すり抜けざまに武士の腰から脇差を抜き取り、それを手に身構えていたのだ。

仁左は叫んだ。

「人殺しだーっ、街道のお人らーっ」

街道にまで聞こえていないだろう。だが、武士の二人をうろたえさせるにはじ

ゆうぶんだった。

「ううっ。まずいっ」

「やむなしっ」

二人は奪われた脇差をそのままに、くるりと向きを変え粗壁を迂回《うかい》し街道のほうへ走り去った。さすがに来た壁と壁のあいだに走りこまなかったのは、街道の者が声を聞き、のぞきに来て鉢合わせになるのを警戒したからであろう。

入って来る者はいなかった。

仁左は余裕を得た。男は背中に一太刀浴びていたが、綿入れを着こんでいたのがさいわいしたようだ。倒れ込み綿入れに血はべっとりと染みているが、息はあった。うめき声が苦しそうだ。そのようすに、

（助かる）

仁左は診《み》て取った。自分と男の頬かぶりの手拭をつなぎ、応急の血止めに胸から背にかけきつく縛《しば》り、道具箱を手に男を背に担《かつ》いだ。刀傷などの応急処置に、仁左は一応の知識も経験もある。

武士たちはこの男にとどめを刺していない。斬った者は、その感触で致命傷を負わせたかどうかはわかるはずである。

（きっとまた来る）

判断し、樹間の斜面を上った。

うめき声が背に聞こえる。

安心した。息がたえだえではない。

足がすべり、幾度か男も道具箱も脇差も落としそうになる。見つけられたときを思えば、脇差を手放すことはできない。

風に樹木が騒ぎ、灌木《かんぼく》をかき分ける音を消してくれている。

泉岳寺の竹やぶの前に出た。

迷った。泉岳寺に逃げこむ手もあるが、男の素性も武士の背景もわからない。人数を増やし、狼藉者《ろうぜきもの》を追いこんだ、と寺に手をまわすかもしれない。

竹やぶに入った。地面の枯れ笹が風に舞い、血の跡も一緒に吹き飛ばし、上から新たな枯れ笹が舞い降って来る。

男はうめき、なにやら口を開こうとする。

男の体力を消耗《しょうもう》させてはならない。

「しーっ」

仁左は叱声《しっせい》を吐き、言った。

「しばらくの辛抱だ。声を出すな」

さらに言った。

「動くんじゃねえぞ。すぐ帰《けえ》って来るから」

男はうなずいた。

坂の門前町に出た。

酒屋を見つけ、五合徳利《とっくり》を二つ提《さ》げて戻って来た。

男は動いていなかった。

着物を脱がせ、傷口に酒を吹きかけ、消毒した。

思ったより傷は浅かったが、重傷に変わりはない。

体つきや手のようすを見た。

「ふむ」

仁左はうなずいた。男は三十歳前後か、筋肉質で手は荒れている。変装で百姓に化けているのではなく、正真正銘の百姓衆とみた。

武士が二人で百姓衆一人を殺そうとしている。

仁左はますます許せなくなり、

（この者、かならず援《たす》け、理由《わけ》を訊かねばならぬ）

思いを固めた。

それが本来の仁左の役務《やくむ》であり、相州屋の寄子で羅宇屋は、役務遂行のため、仮の姿なのだ。

三

風の音で、武士たちが近くまで追って来たかどうかがわからない。街道や坂の門前町を探索しているか……。男を動かさず、じっとしている以外にない。

風が熄み、陽光が降りそそぎはじめたのが、竹笹の中からもわかる。

だが、〝敵〟情がわからない。出るのは危険だ。

札ノ辻ではおトラとおクマが、鎌田村の狐に怯《おび》えながらも高輪の大木戸のほうへ足を向け、忠吾郎とお沙世が、

「鎌田の狐、どんな悪戯《わるさ》をしているのでしょうねえ」

「さあてなあ」

と、話しているころである。

冬の日足は短い。寒いが暗くなるのを待つことにした。

男はうめいている。

息のあることに、仁左は安堵《あんど》している。うめきも息も、細くなっていない。いくらか暗くなった。冬場であれば、あとは急速に闇《やみ》が降りてくる。

西の空に夕陽が沈んだ。武士たちが近くにいる気配はない。

街道に出た。手負いの者を、迂闊《うかつ》な場所には運べない。

まだちらほらと、湿った街道を陽のあるうちにと旅姿の者が高輪の大木戸のほうへ急いでいる。逆に品川へ向かう大八車や町駕籠《まちかご》も見られる。大八車は江戸府内へ荷を運んだ帰りか、町駕籠は江戸府内から品川の花街にくり出そうという嫖客《ひょうかく》であろうか。

綿入れの血の染みた箇所をたくみに隠し、奪った抜き身の脇差を道具箱にくくりつけた。背負えば見えなくなる。

それでも用心深く樹間でしばらく間をおき、動いている人間も輪郭しか見えなくなったころ、男を横抱きにかかえ、カラの大八車をとめ、

「すまねえ、急病だ。品川まで乗せてくれねえか。桔梗屋という旅籠までだ」

「おう、そりゃあ難儀じゃのう。乗せなせえ」

大八車の人足は応じてくれた。羅宇屋の道具箱を背負った男と、見るからに近

在の〝急病〟の百姓衆だ。行き先も明確に告げた。怪しむべきところはない。もちろん、駄賃《だちん》はつかませた。

「羅宇屋さんのようだね。その道具箱も載せねえ」

「いや、これはいい。このまま」

親切に言ってくれたが、道具箱を背からはずしたのでは、くくりつけている抜き身の脇差が見えてしまう。

手負いの野良着姿の男を連れて戻って来た仁左に、桔梗屋のあるじは驚き、離れにひと部屋を用意し、金瘡《きんそう》（外科）の医者まで手配してくれた。

医者はすぐに来た。

「馬鹿者が、やくざ者と喧嘩《けんか》でもして斬られたか」

幾本もの蠟燭が煌々《こうこう》と灯された部屋で、傷を診《み》た医者は言ったものである。

さらに、

「深手《ふかで》ではないが、傷を負ってから動かしたのはよくないぞ。だが、酒でこまめに消毒し、かたく縛りつけていたのは感心じゃ」

と言い、傷口を十針ほど縫《ぬ》った。麻酔などない。痛さに悲鳴を上げ暴れようとする男を、仁左、あるじ、番頭らが懸命に押さえつけた。

皮膚を縫い合わせながら医者は、

「これだけ、元気なら、死ぬ心配はない。安心せい」

言ったものだった。仁左の診立ては正しかった。

縫合《ほうごう》を終え、医者は、

「今宵、熱を出せば生きておる証《あかし》じゃ。あしたの朝も痛さは残っていようが、痛み止めの薬湯を飲ませよ。傷が破れぬよう、数日動かしてはならぬ」

言ってから熱さましと痛み止めの薬湯を調合して帰った。

すでに深夜である。仁左は二重の安堵を覚えた。一つはむろん、助けた男が死ななかったことである。もう一つは、医者が〝やくざ者と喧嘩でもして斬られたか〟と言ったことである。

その言葉は、泉岳寺の近くで侍が百姓を斬った……などのうわさがながれていない証である。事件は午《ひる》ごろだった。街道で人殺しなどの騒ぎがあれば、その日のうちに品川にもうわさは入り、野次馬がくり出していたはずである。やはり事件は、強風と波しぶきにおおい隠されたようだ。

今宵、仁左は桔梗屋の離れで宿直《とのい》となり、朝まで見守ることにした。

桔梗屋のあるじは、仁左の道具箱に抜き身の脇差がくくりつけられているのを見たであろうが、事情の説明を求めることはなかった。

「それじゃ、なにかありましたら呼んでくだされ」

と、言ったのみで、番頭たちをうながし、母屋に引き揚げた。

離れの部屋には、仁左と手負いの男のみが残った。

医者は眠り薬を飲ませたか、男は眠っている。

うめき声とともに目を覚ました。

熱が出ている。医者の言ったとおりだ。

仁左は手桶の水につけた手拭で、ひたいを冷やしつづけた。

話ができるほどに意識を回復したのは、東の空が明けかけた時分だった。

仁左は待っていた。質《ただ》したいことが山ほどあるのだ。

縫合した傷が痛むのか、苦しそうな息遣いで男は言った。すんなり喋《しゃべ》ったわけではない。仁左が、男をここに運びこんだ経緯《いきさつ》を話したからだった。男にとって仁左は、命の恩人である。話さないわけにはいかない。

「わしは、鎌田村の百姓代《ひゃくしょうだい》で、名は吾助《ごすけ》といいますじゃ」

在所と名を口にし、

「江戸へ出る途中に、さむらいにつけ狙《ねら》われ……」

言ったものの、

「して、江戸のどこへ、なにをしに」

「…………」

応《こた》えなかった。

だが仁左はうなずいた。この者が江戸へ向かっていたのなら、追っ手の武士二人は見失った男を找《さが》すのに、泉岳寺より江戸方向、高輪大木戸のほうへ歩を向けたはずである。裏をかくように品川へあと戻りしたのは、

(正解だった)

もとより仁左は、鎌田村が品川の向こうで六郷川の手前に位置し、街道に面した大きな村であることは知っている。だが、その鎌田村がきょう、札ノ辻の茶店でも話題になったことなど、当然ながらまだ知らなかった。

男が大事そうに手で押さえていたふところには、一通の封書が入っていた。もちろん仁左はそれを手に取ったが、封は切らなかった。男に自分を信頼させるためである。紐《ひも》の結び方で、開いていないことがわかったのか、男は横臥《おうが》のままじっと仁左を見つめ、安堵したようにまた眠りに入った。

(この者、つぎに目覚めたなら、きっと話す)

仁左は確信した。

百姓代といえば、郡代や代官の差配で在所の行政を仕切る、名主《なぬし》、組頭《くみがしら》とならぶ村方三役《むらかたさんやく》の一つである。その百姓代が武士に命を狙われていた。私事《わたくしごと》ではあるまい。

（こいつは、大変なものを釣り上げたのかもしれんぞ）

仁左は思い、男の顔をあらためて見た。百姓代だけあって、なかなかの顔相《がんそう》に思えた。

四

一夜明け、陽が昇った。

仁左の要請で、桔梗屋のあるじは若い手代を、田町四丁目の札ノ辻に走らせてくれた。

仁左は、自分で札ノ辻へ戻ろうと思った。だが、探索の武士二人が高輪大木戸の界隈でも吾助の消息がつかめなかった。あるいはと思って品川に舞い戻り、範囲を広げて探索していることも考えられる。もし、武士二人が昨夜の大八車を突

きとめれば、

（危ない）

思ったところで仁左は、桔梗屋のあるじに遣《つか》いを出してくれるよう依頼したのだ。奪った脇差は、抜き身のまま部屋のすみに置いた。

吾助は傷の痛さでときおり目を覚ました。そのたびに仁左は、

「さあ、苦いぞ。だから効くのだ」

と、痛み止めの薬湯を飲ませた。耳で聞かせて暗示をかけるのも、療治の一つである。

桔梗屋の手代は着物を尻端折《しりはしより》に手甲脚絆《てっこうきゃはん》を着け、朝日を受けながら街道に白い息を吐いた。袖ケ浦に沿った往還はきのうの名残りか、まだ湿っており、土ぼこりが立たずかえって歩きやすかった。

高輪大木戸を入り、札ノ辻の地を踏んだころ、陽はかなり高くなっていた。

忠吾郎はいつものように、向かいの茶店の縁台に腰をかけ、鉄の長煙管をくゆらせながら、街道の人のながれを見つめていた。

さきほどまで、

「昨夜、仁左さん、帰って来なかったのですってねえ。おクマさんとおトラさんが首をかしげていました。いったいどこへ……」

「ああ、あやつにすれば珍しいことだ。悪所《あくしょ》に引っかかってひと晩泊まって来るようなやつじゃないが」

「まあ、あの人に限って。でも、どうしたのでしょうねえ」

と、昨夜仁左が帰って来なかったことをお沙世と話していた。

馬を五頭も引いた馬子《まご》が二人、

「朝早うから品川を出て、つかれたわい」

と、縁台に座り、お茶でのどを湿らせ、しばし小休止のあと、また馬のくつわを取って日本橋方向に向かった。

「またのお越しを」

と、お沙世がそれを見送り、

「仁左さんなど放っておいて、きょうは人助け、できそうですかねえ」

カラの盆を小脇に言った。札ノ辻の場所柄、客筋には駕籠《かご》舁《か》きや荷馬、大八車などの荷運び人足が多い。それらがまた、茶をすすりながら街道筋のうわさ話などをする。

いまの馬子二人も、品川から来たと言っていた。きのう泉岳寺のあたりで人殺しがあったなどの話は出なかった。そのような物騒な話があれば、かっこうの話題となるはずだ。

忠吾郎は褞袍《どてら》を着こみ、ゆっくりと長煙管をくゆらせ、

「年の瀬だ。喰いつめて江戸へながれて来る者がいるかも知れんでのう」

と、視線は、品川方向へ向けている。

その視界に、速足で近づく若いお店者風が入った。笠はつけているが振分荷物《ふりわけにもつ》はなく、軽い旅装束だ。

お沙世が冗談まじりに、

「あのような人なら、心配はいらないですねえ」

「そのようだ」

忠吾郎が返すと、まるでそれに応えるように縁台に近づき、笠をとって、

「ちょいとお訊《たず》ねいたしますが、札ノ辻の相州屋さんという人宿は」

「おう、そこだが」

言い終わらないうちに忠吾郎が向かいを指さした。

お店者風は言った。仁左から相州屋の場所だけでなく、忠吾郎の人相まで聞い

ていたようだ。達磨に似て貫禄がある。

「あ、そちらの旦那さまが、相州屋さんの旦那さまで」

忠吾郎もお沙世も驚いた。

「こちらの羅宇屋の仁左さんに頼まれまして」

言ったのだ。むろん、お店者風は桔梗屋の手代である。

忠吾郎は横の縁台を手で示し、お沙世は急いで茶を用意した。

桔梗屋の手代はいささか勝手が違うといった表情で、示された縁台に腰かけて忠吾郎と向かい合い、二人を仕切るようなかたちでカラの盆を小脇にお沙世が立った。お沙世にすれば、気になっていた無断外泊の仁左の遣《つか》いとあっては、その場を離れがたい。

桔梗屋の手代は困惑した表情で、品川宿の桔梗屋という旅籠の手代であることを告げ、

「あのう、仁左さんが大変な目に遭《あ》われまして、それを相州屋の忠吾郎旦那に伝えてくれとのことですが、それをかような場では……」

と、これだけで手代は用件の大半を話している。

忠吾郎はうなずき、手代を相州屋の母屋の居間にいざなった。裏庭に面した、

仁左たちが事あるごとに上がりこんでいる部屋だ。

お沙世も前掛姿のまま、

「お爺ちゃん。ちょいと縁台のほうもお願い」

と、ついて来た。お沙世にとって相州屋は、勝手知った他人の家である。訝《いぶか》る手代に忠吾郎も、

「ああ、この娘ならいいのだ。仁左とおなじ身内だから」

お沙世には嬉しい言葉だ。

忠吾郎は手代にさきを急かした。忠吾郎にとって品川の桔梗屋という旅籠など、初めて聞く名だった。むろん、お沙世も同様である。

手代は桔梗屋のあるじが羅宇竹の件で仁左を贔屓《ひいき》にしていることから話し、本題に入った。といっても、さきほど話した〝重大な事態〟の説明だけである。

「仁左さんが昨夜、刀で斬られたお人を担いで来られ、桔梗屋《うち》で医者を呼び、仁左さんが寝ずの看病をし、いまも手前どもにおいでででして」

それだけだった。手代はそれしか知らないのだ。もちろん、傷のようすは話した。

「よし、わかった」

と、忠吾郎は番頭の正之助《まさのすけ》を呼び、桔梗屋の手代をねぎらわせ、その場に寄子宿の長屋からお仙《せん》と宇平、それにお絹《きぬ》も呼び、ようすを見るためお仙と宇平を、手代と一緒に行かせることにした。

お沙世は斬られたのが仁左でなかったことにホッと息をついていたが、忠吾郎は仁左の不可解な動きが気になった。初めて聞く桔梗屋なる旅籠に仁左が手負いの者を担ぎこみ、桔梗屋は旅籠とはいえ部屋を用意して医者まで呼び、朝早くに札ノ辻まで遣いを寄こすなど、すべてが尋常とは思えない。

忠吾郎は自分でようすを見に行きたかったが、あいにくきょうは午過《ひるす》ぎに人と会う約束があった。いまから品川に行ったのでは、帰って来るのは夕刻近くになってしまう。

代わりに送り出すことにしたお仙と宇平は、ただの寄子ではない。お仙は若いながらも仁左とおなじく、金瘡の心得があるはずだ。お沙世も、お仙と宇平が品川へ行くことに得心していた。

居間に呼ばれたお仙は刀傷と聞かされて驚き、仁左が係り合った背景を手代が知らないとわかると、

「ならば、いかほどの傷でしょうか」

と、傷のようすを訊いたものだった。同座したお絹は、みずからも刀傷を負い相州屋に救われた経緯があり、お仙の問いに身を乗り出し、桔梗屋の手代を凝視した。

お仙もお絹もいまは相州屋の寄子になっているが、お仙の出自《しゅつじ》は歴とした武家であり、お絹はさる旗本家の腰元だった。

お仙の父親は石丸仙右衛門《いしまるせんえもん》といって、柳営《りゅうえい》（幕府）の勘定方《かんじょうがた》で三百石を食《は》んでいた。そこを勘定方組頭《くみがしら》の黒永豪四郎《くろながごうしろう》に不正の濡《ぬ》れ衣《ぎぬ》を着せられ、切腹に追いこまれた。十二年前のことで、このときお仙は八歳だった。お仙は遠縁の公儀隠密の家で育てられ、成長するにつれ父・仙右衛門の無念を知り、敵討《かたきう》ちを誓って武道の手ほどきを受けはじめた。そこが公儀隠密の家柄であれば、武術と一緒に薬草学や簡単な医術も仕込まれた。

やがて仙右衛門を切腹に追いこんだ黒永豪四郎が闇行為で得た財貨を使って普《ふ》請《しん》奉行に就き、江戸城下の道普請《みちぶしん》や橋普請でさらに不正な蓄財に励んでいることが発覚した。このとき不正を暴《あば》いたのが相州屋忠吾郎であり、北町奉行の榊原《さかきばら》忠之《ただゆき》であった。

黒永豪四郎は評定所《ひょうじょうしょ》に呼ばれ、切腹を命じられた。しかし、豪四郎が切腹したのでは、お仙は本懐を遂げられなくなる。しかも、お仙の敵討ちは公《おおやけ》に認められるものではなく、私怨《しえん》扱いになる。

そこにひと肌脱いだのが忠吾郎であり、黙認したのが榊原忠之だった。直接動き、お仙を援けたのが相州屋の寄子、羅宇屋の仁左と小猿《こざる》の伊佐治《いさじ》であり、北町奉行所隠密廻り同心の染谷結之助《そめやゆいのすけ》であり、その岡っ引のそば屋玄八《げんぱち》だった。豪四郎の切腹が迫ったある日、忠吾郎も加わって黒永邸に潜入し、お仙に本懐を遂げさせた。ことし初冬のことである。

お仙は本懐のあと、暫時《ざんじ》相州屋の寄子宿に身を寄せることになった。これがお仙への助勢で命を落とした伊佐治の穴を埋めるのに、またとない逸材となった。まだ若い娘とはいえ、苦節十二年の修行を積んでいるのだ。

宇平はお仙が生まれるまえから石丸家に奉公していた中間《ちゅうげん》であり、石丸家断絶後もお仙の身のまわりの世話をし、お仙が相州屋の寄子宿に身を置いたときもお仙につき添い、相州屋の寄子となった。いまではすっかり老僕となっている。

お絹はどうか。仁左とおなじか三十路《みそじ》に近く、向かいの茶店のお沙世より五、六歳多く歳を重ねている。冷静沈着な女性《にょしょう》で、お仙の敵《かたき》である黒永家の腰元だった。あるじ豪四郎の不正に気づき、独自に探索しようとした過程で仁左や伊佐治、染谷結之助らと出会い、合力《ごうりき》するなかで黒永家の家臣に斬られ、相州屋に担ぎこまれて一命を取りとめたのだった。奉公先の黒永家は豪四郎の〝不慮の死〟で消滅し、そのまま相州屋の寄子宿に住まう身となったのだ。

「仁左がなにゆえ刀傷を負った者に係り合い、桔梗屋なる旅籠がそこまで懇切にするのか、とくと見て来てくれ」

忠吾郎はお仙と宇平にそっと言った。

「もとより」

お仙はうなずいた。みずからも気になっているのだ。

宇平がつき添い、桔梗屋の手代と一緒に品川へ発《た》つとき、手甲脚絆に笠をかぶり、裾《すそ》をたくし上げ、杖《つえ》を持った旅姿のお仙を、忠吾郎もお沙世も街道まで出て見送った。お絹も街道まで出て、

「どなたが誰に斬られたのか知りませぬが、いまごろ痛みに耐えておいででしょうねえ」

心配げに言った。お絹も傷が治癒するまで、相州屋の居間にずっと横臥してい

たのだ。

「手が足りなければ知らせてくださいね。わたしもすぐ行きますから」

「そのときは、わしが知らせに戻って来ますじゃ」

お沙世が言ったのへ、旅姿の宇平が返していた。

街道では桔梗屋の手代が案内するように先に立ち、そのうしろにお仙と宇平がつづいた。

二人は話しながら歩を進めた。

「ほんにきのうはお向かいの茶店で、品川向こうの鎌田村で〝狐に告ぐ〟などの高札が出ていたなどと話す人がいたかと思えば、きょうは品川から人が斬られ仁左さんがつき添っておいでとの知らせが舞いこみ、みょうなことばかり起こりますねえ」

「まことに。ひょっとすると仁左さん、鎌田の狐に誑《たぶら》かされているのでは」

「まさか」

と、旅のお店者が話したという鎌田の狐の話は、お仙たちもお沙世やおトラ、おクマたちから聞き、代官所名義の高札まで出ていることに、半信半疑の態《てい》になったものだった。

桔梗屋の手代がふり返り、

「鎌田村がどうかしましたか。狐の立て札がなんとかとは?」

鎌田村は品川からなら目と鼻の先である。

「いえね、ほれ、さっきおまえさまが忠吾郎旦那やお沙世さんと話しておいでじゃったあの茶店の縁台で、鎌田村に狐が出てどうのと話して行ったお人がいたそうなのじゃ。おまえさま、聞いておいでじゃないですかね」

「へぇえ、鎌田村にねえ。近くですが、聞いておりませぬ。狐や狸など、どこにでも出ますが、鎌田村の狐は人を誑かすと?」

宇平が応えたのへ、桔梗屋の手代は逆に問いを入れた。どうやら狐の話は、村の中だけで外には伝わっていないというより、洩れていないようだ。きのうはたまたま旅帰りのお店者が風除けに村へ入って高札に気づき、それを札ノ辻の茶店で話題にしたのだろう。

一行は高輪の大木戸を抜け、泉岳寺の前にさしかかった。片側が袖ケ浦の往還も、朝からの陽光に、早駕籠などが通ればいくらか土ぼこりが舞うほどに乾いていた。

門前町の坂道を下りて来て街道に丁字路となったところに、札ノ辻の茶店とは

違い、いくらか着飾った茶店がある。桔梗屋の手代は女のお仙と年寄りの宇平を気遣ってか、

「品川宿はほれ、もう見えておりますが、ここでひと休みしますか」

と、茶店の縁台を手で示した。宇平がホッとした顔つきになった。

三人は茶を飲みながら茶汲《く》み女と、

「きのうの風は大変だったでしょうねえ」

「はい。もう雨戸まで閉めておりました」

などといくらか言葉を交わしたが、きのうすぐ近くで百姓が侍に斬られたなどの話は出なかった。格好の話題なのに、まったく話されていない。やはり周囲の住人は戸を閉め、街道を行く者もうつむき加減で、気づいた者はいないようだ。もとより桔梗屋の手代は、いま離れで臥《ふ》せっている吾助がこのすぐ近くで斬られたことも、吾助が鎌田村の百姓代であることも知らない。

お仙と宇平が手代の案内で桔梗屋に着いたのは、まだ午前《ひるまえ》だった。街道の表通りからはずれた、思ったより奥まったところにある、小ぢんまりとした旅籠だった。さっそく二人は離れに通された。桔梗屋はきわめて親切だが、事態には一切立ち入っていないのが、お仙にも宇平にも感じられた。あるじも手代も二人を離

れに案内すると、あとは女中が茶を運んで来ただけで、あれこれと顔を出すことはなかった。

仁左は吾助の枕元に座っていた。横臥の者は寝ているようだ。

「おおう、お仙さんと宇平どんが来てくれたかい。これはありがてえ」

仁左は忠吾郎の人選をよろこんだ。いま相州屋の寄子宿にいる者で、イザというとき戦力になるのは、お仙しかいない。

お仙は宇平をうながし、仁左と横臥する者をはさむように座ると、すぐに部屋の隅に抜き身の脇差があるのへ目をとめ、

「それは？」

「さすがお仙さんだ。順を追って話しやしょう」

仁左は言い、

「さっきも医者が来て、包帯を巻きなおしてくれてなあ。このまま四、五日動かさずじっとしておれば、傷口はふさがるとのことだった」

まず容態を話し、

「きのう羅宇竹の商いで風の中をこの桔梗屋に来て、その帰《けえ》りだった」

と、すべての経緯を詳しく語り、お仙は部屋に抜き身の脇差があることにも得

心し、

「背景はともかく、仁左さんらしい」

と、感心したように言う。

仁左はつづけた。

「この者が気を取り戻したときに質《ただ》すと、名は吾助といい、鎌田村の百姓代ということだった」

「えぇえ、鎌田村！」

お仙のすこしうしろに座っていた宇平が、思わず声を上げた。

これには仁左が驚き、お仙がすかさず、

「嗤《わら》わず聞いてください」

と、きのう茶店の縁台で話題になったという、鎌田の狐の話をした。

仁左は嗤わなかった。話すお仙の顔を凝《じ》っと見つめていた。吾助が二人の武士に襲われたのも不可解であり、狐の話も代官所名義の高札が村の中に立っているなど、奇妙である。どちらも鎌田村の話だ。

まだ寝入っている吾助の顔の上で、仁左とお仙の視線が合い、うなずきを交わした。吾助の傷が癒《い》えても、襲われる可能性まで消えるわけではない。

お仙はこのまま仁左と桔梗屋に残り、宇平がそれを忠吾郎に伝えるため、一人で帰ることになった。

「それじゃ」

と、腰を浮かしかけた宇平に仁左は、

「そう急ぐこともあるまいよ。遠出して来たのだから、昼の膳はここでどうだ。桔梗屋のめしはうまいぞ」

「あら、そうなんですか。それなら宇平も一緒に」

お仙もすすめ、宇平は上げかけた腰をもとに戻した。

五

札ノ辻の相州屋である。

午《ひる》が過ぎ、店場を番頭の正之助に任せ、忠吾郎は出かけた。

その人物と会うときはいつも一人だが、必要によっては仁左をともなうこともある。きょうもそう思ったが、仁左は品川からまだ戻っていない。

会う場所も決まっている。金杉橋《かなすぎばし》の街道に面した小料理屋の浜久《はまきゅう》で、お沙世の実家である。兄の久吉《ひさきち》が板前で亭主でもあり、嫁のお甲《こう》が女将《おかみ》である。お沙世の義姉《ぎし》ということになる。

札ノ辻の茶店は祖父母の久蔵《ひさぞう》とおウメが隠居してから道楽で出した店で、一度微禄《びろく》の武家に嫁いだお沙世が婚家と縁薄く、戻って来てから手伝っているのだ。いまではお沙世も札ノ辻の一つの景色となり、向かいの相州屋にはなくてはならない存在となっている。

浜久で会う時刻も、常に決まっている。昼八ツ（およそ午後二時）である。この時分になるといずれの飲食の店も昼の書き入れ時を終え、夕の仕込みまで間のある時刻となり、部屋もとりやすくなる。

浜久では相州屋忠吾郎が来るときには、いつも一番奥の部屋を用意し、手前の部屋を開けておく。ふすま一枚で、となりの部屋から盗み聞きされるのを防ぐためである。そこで会うのは北町奉行の榊原主計頭忠之《さかきばらかずえのかみただゆき》であり、東海道の金杉橋が北町奉行所のある江戸城外濠《そとぼり》の呉服橋《ごふくばし》御門と、田町四丁目の札ノ辻とのほぼ中ほどとなるのだ。

忠吾郎が厚手の羽織を着こみ、鉄の長煙管を腰に街道へ出ると、

「あら、旦那。これからですか。義姉《あね》によろしく」

「ああ、伝えておこうよ」

と、縁台に出ていたお沙世が声をかけたのへ忠吾郎は応え、

「お仙さんや仁左たちが戻って来たら、わしも暗くならないうちに帰るからと言っておいておくれ」

「はい、告げておきます。まだ帰って来ないようですねえ」

と、お沙世は高輪方向へ視線をながした。

品川の桔梗屋で、仁左とお仙が昼の膳をと宇平を引きとめていなかったなら、宇平は忠吾郎が出かけるころには帰って来ていたかもしれない。ならば忠吾郎は宇平から、仁左が救ったのは鎌田村の百姓代だったことを聞いてから、金杉橋に出向くことになっていただろう。

忠吾郎が浜久に着いてからすぐ、榊原忠之も来た。着ながしに厚手の羽織を着け深編笠《ふかあみがさ》をかぶり、腰の大小を落とし差しに歩いている姿は、とても奉行所の奉行には見えない。裕福そうな浪人のようだ。忠之が金杉橋の浜久に出向くのは、常にお忍びである。

お供が一人ついていた。町場の遊び人姿で、脇差を一本腰に厚手の半纏《はんてん》を着こ

んでいる。金のある浪人が、やくざ者を連れているような感じだ。隠密廻り同心の染谷結之助である。染谷は遊び人姿がはまり役で、よく似合う。それに遊び人なら、脇差を腰に帯びていてもおかしくはない。もちろん同心をあらわす朱房の十手《じって》は、ふところに収まっている。

浜久では亭主の久吉も女将のお甲も忠之の身分を知っているが、お忍びであることを心得ており、決して〃お奉行さま〃などと称《よ》ぶことはない。

忠之は浜久の玄関に入ってから、深編笠を取る。

お甲が迎え、二人を部屋に通す。

そのあとお甲は仲居に命じ、簡単な膳を運んだあとは声がかかるまで、誰も部屋に近づけない。

なにやら物々しいが、部屋の中は、

「呼んでおいて、儂《わし》のほうから遅れてすまん。待ったか」

「いや、わしもさっき来たばかりだ。ほう、染どんも来なすったか」

と、いたってくつろいだ雰囲気である。見た目には、商家のあるじと浪人者と遊び人の集まりである。三人ともあぐら居になっている。

「おまえも仁左を連れて来るかと思うたが、一人のようじゃのう」

「ああ、仁左はきょう大事な商いがあって、そのほうに出かけておる。連れて来たほうがよかったかな」

　忠吾郎が応えると染谷が、

「まあ、このあとのことを思えば、いたほうがいいと思いやして」

と、遊び人の身なりにふさわしい伝法《でんぽう》な口調で言った。

すでに三人の、きょうの談合は始まっている。

「このあとのこと？」

　忠吾郎は染谷に向けた視線を、ふたたび忠之に戻した。仁左が昨夜から品川に出向き、まだ戻っていないことは伏せた。というより、ここで敢《あ》えて話題にすることもなかろうと思ったのだ。

　だが、忠之は言った。

「そう、このあとのことだ。また相州屋にひと肌脱いでもらおうと思うてな。黒永豪四郎の件で小猿の伊佐治を喪《うしの》うたは痛手じゃったろうが、代わりにお仙とその老僕に、お絹までが相州屋の寄子になったでのう。それに仁左は何をするにしても、役に立っているようではないか」

「ははん、兄者《あにじゃ》はまた世のため人のためなどと、わしを使嗾《しそう》しようとの算段のようですなあ」

忠吾郎は、北町奉行の榊原忠之を〝兄者〟と呼んだ。二人は実の兄弟で、忠吾郎の本名は忠次《ただつぐ》といった。

榊原家は七百石を食《は》む旗本の家柄である。だが次男の忠次はなにごとも形式ばった武家暮らしを嫌い、二十歳のときに出奔《しゅっぽん》し、名を忠吾郎と変え、市井《しせい》で自儘《まま》な日々を送り、いっぱしの侠客《きょうかく》気取りで股旅《またたび》暮らしも経験し、飢饉《ききん》にも遭遇し、貧民とも交《まじ》わった。やがて小田原《おだわら》に落ち着き、一家を構えた。喰いつめ者を養うためだった。

そこで思いついたのが、人宿稼業だった。やくざ稼業を子分に任せ、自分は江戸に出て札ノ辻に人宿相州屋を開業した。屋号は小田原の相州から取った。

そのあいだに兄の忠之は道中奉行になり、さらに北町奉行となり、弟・忠次の消息を知り、つなぎを取ったことから北町奉行・榊原忠之と相州屋忠吾郎の、奇妙な関係が始まったのである。

この二人の間柄を知る者は、双方の身近な者だけのきわめて少数で、そこに隠密廻り同心の染谷結之助と寄子の羅宇屋仁左がいた。

小猿の伊佐治は、忠吾郎が兄・忠之に合力し江戸の町に影走りをするようになってから、小田原から呼び寄せた、かつての子分だった。これを喪った痛手は大きかったが、お仙、お絹、それに老僕の宇平たちが、その穴埋めをじゅうぶんにしていることを、忠之も染谷も知っているのだ。

　忠之は言った。

「あははは、忠次よ。いや、相州屋といったほうがいいかな。まあ、乗るか乗らぬかはおまえ次第だ。仁左が同座していたなら、きっと乗って来ると思うたまでだ。染谷、おまえから話してやれ」

「はっ」

　染谷は奉行から言われ、思わず同心としての口調で返事をしたが、あとはまた伝法なもの言いに戻った。そのほうが元侠客の忠吾郎と話が通じやすいのだ。内容はやはり同心か、順序立てて話した。

「ここ一月《ひとつき》ほどのことでやすが、奉行所に幾通かの差口《さしぐち》（密告）めいたものが舞いこみやして。それがまた、似たような内容ばかりで」

「ほう。一人の者が幾通も出しているのか。して、どのような」

「いえ、筆跡も文面も違《ちご》うており、ただ内容がおなじで。おそらく幾人もが申し合わせ、仕掛けているように思えるので」

「ほう。で、内容は？」

染谷は語り、忠之は再度確認するような表情で聞いている。

江戸城で御使番《おつかいばん》を務める、千二百石取りの鳥居清左衛門《とりいせいざえもん》という旗本がいるそうな。

「その御仁なあ、儂もよう知っておるが、温厚な、なんともいえない好人物じゃ。奥方もお栄《えい》どのというて、おとなしいお人でなあ。だからいっそう、そこへの差口など、信じられんのじゃ」

染谷の説明に忠之は、鳥居清左衛門を擁護するように口を入れた。

御使番とは、戦乱の世においては本陣と戦《いく》さ場《ば》の伝令や巡視にあたり、きわめて重責の役務だった。だが太平の世にあっては、将軍家の代替わりのときにのみ巡見使《じゅんけんし》として各地に出向き、各大名家領国の治政の良否を視察し、江戸の柳営に報告するのがおもな役務となった。主君が幼少の藩では、国目付《くにめつけ》として駐在し、後見監察の役務を担うこともあった。

いずれにせよ格式だけは高い閑職で、柳営に同役は三十人近くもいた。差配は町奉行所とおなじ若年寄で、そのことから忠之は、鳥居清左衛門なる人物を知っていた。

染谷はつづけた。

「差口はいずれも、鳥居さまの知行地での領民の暮らし向きを訴えているものでやして、たとえばこれまで年貢が四公六民であったのが、二年前《めえ》から不意に六公四民となり、ただでさえ領民は苦しんでいるというのに、去年から家々に出入り口の数や広さにも税をかけ、今年に入ってからは人頭税まで取り立て、子だくさんの家じゃそれを工面するのに娘を女衒《ぜげん》に売る者も出ているとか。それぱかりじゃありやせん。狐や狸、いのしし、鹿などが田畑を荒らすので罠《わな》を仕掛けたり矢で射殺《いころ》したりすれば、その毛皮を代官所に納めねばならず、秘かに品川宿まで毛皮を売りに行こうとした者が役人につかまり、毛皮を没収されたうえ牢《ろう》に入れられたそうなんで。かように領民は〝お役所の苛斂誅求《かれんちゅうきゅう》に塗炭《とたん》の苦しみに喘《あえ》いでいる〟という内容なんでさあ」

縷々《るる》語ったが、諸国に股旅をつづけた忠吾郎には、まだまだ生易《なまやさ》しいものに思えた。そこに飢饉が重なり、娘を売るどころか家は崩れ、路傍《ろぼう》に餓死者が横たわり腐臭を放《はな》っている村々も見ているのだ。

だが、放《ほう》ってはおけない。その治政では、喰いつめ者が多数出るだろう。すでに出ているかもしれない。旗本が柳営から拝領している知行地なら、江戸近郊であろう。それらは間違いなく江戸へながれてくる。

しかし、忠吾郎は言った。

「それを江戸の町奉行所へ差口するなんざ、お門違《かどちげ》えじゃねえのかい。領民が鳥居なんとかという御使番の屋敷へ、直接訴えりゃいいじゃねえか」

直訴《じきそ》である。やるほうにすれば命がけである。

「染谷」

「へえ」

忠之がうながし、ふたたび染谷は語った。

「考えられやすのは、すでに村方《むらかた》の名主や組頭たちはそれを試《こころ》みようとしたが、いずれも失敗した。あるいは、途中で代官所の者に斬られたかもしれやせん。そこで名主たち村方三役は鳩首《きゆうしゆ》し、策を練った。江戸の町奉行所にくり返し差口をするのがその策で、差口の内容が奉行所を通じて柳営の目付の耳に入り、そこから鳥居さまのお耳に達するのを目論んでいる、と」

「つまりじゃ、鳥居どのは、知行地のようすをまったくご存じない。過酷な年貢を取り立て、わけのわからぬ税まで課し、抗《あらが》おうとする百姓衆を力で抑《おさ》えつけているのは、鳥居どのが派遣している代官ということになる。儂はそう踏んだのじゃがのう」

「あはは。ほれ、ご覧なされ。やっぱり兄者は、わしを使嗾しようとしていなさる。相手は旗本で、しかも場所が府外となれば、ますます町奉行所の管掌《かんしよう》外となる。そこでわしに動け……と。その領民たちのためによう」

　また忠之が口を入れたのへ、忠吾郎は切り返した。

　忠之はつづけた。

「まあ、平たく言えばそういうことになる。じゃがのう、儂とて管掌外だからというて放っているわけじゃない。若年寄《わかどしより》の内藤紀伊守《ないとうきいのかみ》さまにはともかく、旗本差配のお目付の青山欽之庄《あおやまきんのしよう》どのには、かようなことがあったと話しておいた。それが村方の目論見のようじゃからのう」

「ふふふ。相州屋にその差口の裏を取れ……と。よろしゅうござんしょう。で、その御使番さんの知行地とはどこですかい。下総《しもうさ》や上総《かずさ》などといった、遠い土地《ところ》じゃ困りやすぜ」

　忠吾郎はその気になると同時に、確認するように訊いた。

「染谷」

「はっ」

忠之がまたうながし、染谷は応じた。すでに忠之は、相州屋を巻きこむこの案件に、染谷を据えることに決しているようだ。忠吾郎も仁左も、染谷なら一緒にやりやすい。これまでもそうだったのだ。

染谷は言った。

「ご安堵《あんど》くだせえ。東海道筋の近場で品川のちょいと向こう、鎌田村でさあ」

「うっ」

忠吾郎は思わず、短いうめきを洩らした。きのう、お沙世の茶店の縁台で聞いたばかりの村ではないか。

——告狐（狐に告ぐ）

高札が立っているという村である。

染谷が忠吾郎の顔をのぞきこみ、

「どうなさいやした」

「いや。あまりにも近場なので、ちょいと驚いただけだ」

忠吾郎は、鎌田の狐の話はひかえた。ここで話すようなことではないと判断したのだ。この時点での忠吾郎にとって狐の話など、まだ茶店の縁台での世間話にすぎないのだ。

あらためて忠吾郎は忠之と染谷へ視線を向け、

「きょうにも仁左が品川から戻って来ようから、やつにも話しておきやしょうかい。やつめ、こういう話に乗って来ねえはずはねえから」

「ふむ」

忠之は相槌《あいづち》を入れ、言った。

「あやつめ、まだおまえにほんとうの素性を明かさぬのか。おまえもまだ質《ただ》していないようだなあ」

「おっと、兄者。それはわしと仁左の問題だ。めえにも言ったはずですぜ、わしはあくまで、あやつのほうから言うのを待つ、と」

「ふむ」

忠之はうなずいた。

談合を終えたのは、冬の日足は短いとはいえ、まだ陽射しのある時分だった。

忠之は浜久の玄関の内側で深編笠をかぶってから外に出る。遊び人姿の染谷がそれにつづく。部屋を出るとき、染谷は忠吾郎に言っていた。

「仁左どんによろしゅうお伝えくだせえ」

「むろん、言っておこうよ」

単なる挨拶《あいさつ》言葉ではない。

(また一緒に影走りを)

言っているのだ。

忠之たちが出てすこし間を置いてから、忠吾郎が出る。忠之と忠吾郎が浜久で膝を交えたときの、いつもの作法である。

札ノ辻への歩を踏みながら、

(ふふふ。仁左め、この話に、きっと乗って来ようよ)

忠吾郎は思ったものである。

六

老僕の宇平が品川から札ノ辻に帰って来たのは、忠吾郎がお沙世に声をかけ、浜久に出かけしばらく経てからだった。陽は西の空にかたむきかけているが、まだ高い。

寄子宿の路地に入ろうとした宇平をお沙世が、

「あらら、宇平さん。仁左さんとお仙さんは？　手は足りていますか」

期待をもって呼びとめた。宇平は出かけるときお沙世に、もし品川で手が足りなければ〝わしが知らせに戻って来ますじゃ〟と言っていたのだ。

「へえ。手が足りないかどうか、ともかく旦那さまに」

「あら、忠吾郎旦那ならさっきお出かけですよ。陽のあるうちに戻っておいでとのことですが」

「えっ、どこへ。まあ、それなら仕方ありやせん。待ちやしょう」

「だったらここでお茶でも」

お沙世はすすめた。品川のようすを聞きたいのだ。

宇平は疲れたようすで縁台に腰かけた。お沙世の茶店は相州屋の者からお代を取ったりはしない。

「で、どうでした」

お沙世は、仁左がきのう刀で斬られた者を助けたこともさりながら、そこにお仙が残っていることが気になるようだ。

縁台に座った宇平は、お沙世が出したお茶でひと息入れ、

「お沙世さんも聞きなされ」

と、語りはじめた。お沙世はカラの盆を持ったまま、縁台の横に立っている。

「きのうはここで鎌田村の狐の話が出たと、おクマさんとおトラさんから聞きやしたが、驚きましたじゃ。きのう仁左さんが助けて品川の旅籠に担ぎこみなすったのは、その鎌田村の百姓代のお人じゃった」

「えぇえ！」

思わずお沙世は声を上げた。

宇平はつづけた。

「それが狐とどうつながっているのかはわかりませぬ。それできょうお仙さまも品川の桔梗屋さんに泊まり、数日は戻れぬかもしれませんじゃ。ともかくそのことを旦那さまへと思いましてな。それでわし一人で」

「えぇえ！　仁左さんと一緒に？」

お沙世はまた声を上げた。一瞬、仁左とお仙が一つ屋根の下に泊まる図を連想したのだ。

「はい、看病のためですじゃ。それに、臥せっているのはさむらい二人に斬られた人ゆえ、いつまた襲われるかしれませんでなあ」

「ああ、それで」

お沙世もお仙に心得のあることを知っている。得心したようにうなずき、

「えっ、また襲われる？　ならば早う忠吾郎旦那に知らさねば」

街道のほうへ伸びをし、目を凝らした。

忠吾郎が戻って来たのは、陽が大きくかたむき、きょうの仕事を陽のあるうちにと、人も大八車や荷馬も急ぎ足になり、そろそろ街道の動きが慌《あわ》ただしくなりはじめた時分だった。

その街道に忠吾郎の姿を見つけると、お沙世はまた、

「お爺ちゃん、お婆ちゃん。ちょいと縁台のほうお願い」

と、街道に飛び出し、

「旦那さま！　大変です。さっき宇平さんが戻って来られて、旦那さまのお帰りを待っています」

言うと寄子宿の路地へ駈けこみ、相州屋の裏庭にまわった。もちろん宇平に知らせ、自分も一緒に裏庭から母屋の居間に上がりこんだ。

お絹も鎌田村の狐の話を聞いており、一緒に居間に上がった。

居間に浜久から戻ったばかりの忠吾郎があぐらを組み、宇平は話しはじめた。お沙世もお絹も、忠吾郎の反応はいかにと、固唾《かたず》を呑んで見守っている。お沙世

とお絹は端座し、宇平も武家奉公で慣れているせいか、二人に合わせ端座の姿勢をとっている。

三人を前に、忠吾郎はあぐら居ながら威儀を正し、視線を宇平に向け、話の途中にも、

「なんと！　まことか」

と、幾度もうなずきを入れていた。

聞き終わると、

「うーむ」

考えこんだ。

お沙世が、

「旦那さま、いますぐ助っ人に。わたしも行きます」

「わたくしも！」

お絹もあとをつないだ。

「うーん」

と、忠吾郎はそれらの視線を受け、なおも考えこんだ。きのうの旅帰りのお店者の話、狐の高札……。仁左が武士二人から救った吾助なる百姓代の男、それに

さきほどの北町奉行所の話が、一つにつながった。しかも仁左はすでにそこに係り合っている。

「旦那さま、なにを迷っておいでですか。いまからでも」

お沙世がうながしたのへ、

「行きたいのは、このわしだ」

忠吾郎は言うと、居間の座をはずし、別間に番頭の正之助を呼んだ。呉服橋《ごふくばし》へ遣《つか》いに出したのだ。

正之助は相州屋の番頭であれば、当然、かつて小田原で一家を張っていたことも含め、忠吾郎の本名も背景も知っている。お沙世も知っている。忠吾郎がいつも兄の忠之と会っているのは、お沙世の実家なのだ。二人ともそれを、むやみに話すものではないことも心得ている。

仁左も知っている。忠吾郎が煙草好きで、羅宇屋の仁左を贔屓《ひいき》にし、寄子にするところこれが影走りに無類の働きをし、小猿の伊佐治とも気が合った。忠吾郎は仁左が只者ではないことを覚《さと》り、それが市井《しせい》で羅宇屋をしていることに不思議を感じていた。そこへ兄の忠之から、仁左を江戸城本丸御殿の玄関前で見かけたと聞き、仁左の素性と、市井に羅宇屋となって融けこんでいる理由《わけ》に思いいたった。

むろん忠之も気づいている。だからきょうも浜久で〝まだ素性を明かさぬのか〟と訊いたのである。

忠吾郎は仁左にみずからの背景を話した。仁左もそれに応じ、みずから自分の素性を語るのを期待したのだ。同時にそれは、仁左との信頼関係を、いっそう強固なものにするためでもあった。

お仙、お絹、宇平たちは知らない。お沙世が話していないのだ。そのお絹と宇平のいる前で、正之助を呼び奉行所へ遣いに出すことはできない。奉行所に鎌田村に関わる差口が舞いこんでいる話もできない。

別間で忠吾郎が正之助に言付けたのは、口頭で染谷結之助に、

――あす朝早く、お越し願いたい。玄八《げんぱち》をともないであった。

玄八は染谷の右腕であり、当然染谷から近ごろ奉行所に舞いこむ差口の件は聞いており、探索の下命があるのを待っているはずである。

あしたの朝早く相州屋を訪れた二人は、仁左がすでに鎌田村の一件に係り合っていることを聞き、驚くことだろう。

忠吾郎はお沙世、お絹、宇平の待つ居間に戻った。

「旦那ア、どうなされたんですよう。早く行かないと、日が暮れてしまいますよう。ほら」

お沙世は急《せ》かすように言い、視線を縁側に面した障子に向けた。白い障子が夕陽を受け、朱に染まっている。お絹も落ち着かないようすである。

「二人とも、落ち着け」

忠吾郎はもとのあぐら居に戻り、

「仁左とお仙がついておれば、さむらい二人が桔梗屋を嗅ぎつけても大丈夫だろう」

「それは、まあ」

お沙世は不満そうに返し、お絹はうなずいた。お沙世もお絹も、お仙に相応の心得があることを知っているのだ。

忠吾郎はつづけた。

「ともかく、あしたからだ。きのうの鎌田村の立て札なんざ、くだらん戯事《ざれごと》と思うたが、なにやら得体の知れねえものが、裏に潜んでいるような気がする。あしたはわしも行くぞ。さあ、お沙世。おまえのところ、そろそろかたづけに入らねばならんだろ」

「そりゃあ、まあ」

お沙世は不満そうに返した。

お沙世の茶店は、日の出とともに開け、日の入りとともに暖簾を下げている。

（あした）

忠吾郎は胸中に念じた。

二　相州屋《そうしゅうや》動く

一

きのうはせっかく宇平が品川からとんぼ返りで戻って来たというのに、自分への助っ人要請でなかったことに、

（わたしだって、ケガ人の看護だけじゃなく、襲う者がおれば戦いますよ）

と、お沙世はいささか落胆したものだった。

相州屋の居間から茶店に戻り、暗くなってからも雨戸のすき間から相州屋の玄関に気を配っていたが、朝早くに駈けこんで来た桔梗屋《ききょうや》の手代が、ふたたび駈けこむことはなかった。桔梗屋の離れを襲う者はいなかったのだろう。それはそれで安堵《あんど》すべきことだが、ならばなおさら、

（桔梗屋さんの離れって、どんなとこ）

気になってくる。仁左とお仙が、二人で看護しているのだ。

朝になった。

日の出のころ、すでに街道に人が出ているのはいつもと変わりない。

雨戸を開けたお沙世が、縁台を外に出す。

やがて忠吾郎が出て来てそこに腰を下ろし、街道のながれに視線をながしながら鉄の長煙管をくゆらせる姿も、いつものとおりである。

だが、きょうはきのうまでと違っている。仁左が差口《さしぐち》のあった鎌田村に係り合い、お仙が助っ人に行っている。事態は、すでに動いているのだ。

お沙世は忠吾郎にお茶を出し、催促するように言った。

「旦那、行かないんですか」

「行く」

「ならば、わたしもお供しますよ。さあ、いまから」

お沙世は前掛をはずしはじめた。

忠吾郎は視線を街道に向けたまま言う。

「いや、おまえはここにいてくれ」

「どうして」

お沙世は不満だった。同時に、いつもは高輪大木戸のほうから江戸府内に入って来るながれを見ている忠吾郎の視線が、いまは逆に府内から来るながれに向けているのに気づいた。

「旦那さま」

「ああ。実はなあ、きのうおまえの実家の浜久で会ったのは……」

「お奉行さまでしょう」

縁台にまだ客はおらず、お絹も宇平もそばにいない。

忠吾郎は視線を府内のほうに向けたまま、

「染谷も一緒だった。奉行所もなあ、鎌田村に目をつけておるようなんだ。仁左がおとといい救ったのが、その村の百姓代だったとはなあ」

と、きのう浜久で忠之と染谷から聞いた内容を語り、

「きょう、染谷と玄八が来るので、そのときわしも一緒に品川へ行こうと思うてな。こうして待っておるのさ」

「だったら、わたしも」

お沙世がねだるように言ったのへ忠吾郎は、

「だからなんだ、おまえにはここにいてもらいてえのだ。ここが本陣になるやもしれんでのう。宇平にもきょうは商いに出ず、お絹にも寄子宿にいるよう言っておいた」

ここが本陣になるかもしれないとは、お沙世にはくすぐったい言葉だ。ここと は相州屋と茶店の縁台を指していようか。実際、鎌田村と江戸府内を結ぶには、田町四丁目の札ノ辻は格好の中継地となる。

「そうなんですかあ」

お沙世は返し、忠吾郎とおなじ方向に視線をながし、

「あ、来た」

往来人や荷馬のあいだに、染谷の遊び人姿が見えた。

染谷も縁台に忠吾郎が座っているのに気づき、手を上げ近寄って来る。

忠吾郎はお沙世に、

「鎌田村の狐も、ふざけた高札の話もまだしておらぬ。ここでおまえから話してやってくれ」

「はいな」

お沙世は活気づいた。

近づいた染谷は形《なり》にふさわしく、

「旦那、驚きやしたよ。きのうのきょうでやすから」

「ああ、わしも驚いておる。玄八は？」

「へえ、やつはちょいと別用がありやして。申しわけありやせん」

「まあ、急なことだから仕方あるめえ。ともかく座れ」

忠吾郎は座ったままとなりの縁台を手で示し、

「さあ、お沙世」

「はい」

お沙世は急いで茶の用意をし、カラになった盆を小脇に、

「聞きましたよ、染谷さん」

と、お沙世は染谷結之助も玄八の素性も知っている。縁台で旅帰りのお店者が語った鎌田村の狐の話を、あらためて話した。聞いた本人が話すのだから、まるで自分が見て来たような口調になった。

忠吾郎も、きのう宇平がもたらした、斬られたのは鎌田村の吾助という百姓代であることを語った。

聞き終わった染谷は、姿は遊び人でも、表情は隠密廻り同心のものになっていた。忠吾郎とお沙世を交互に見つめ、

「そりゃあ、旦那。差口とつながっておりやすぜ。狐に告げるってえ高札も、子供の悪ふざけじゃござんせんでしょう。鎌田村の百姓代が侍《さむれえ》二人に殺されかけたのも、おそらく一本の線の上でやしょう。仁左どんがそれを知っていて、吾助とやらを助けたのかどうか……」

「知らずに助けたはずだ。あいつらしいじゃねえか」

忠吾郎が応えたのへお沙世も、

「そうですよ、ほんと仁左さんらしい。でも、いまお仙さんが行っておいでですから、狐の話はもう聞いているはずです」

「えっ、お仙さんが。そりゃあ頼もしい」

と、染谷もお仙の生い立ちと技量は、黒永豪四郎の一件で知っている。

「ならば旦那。あっしを呼びなすったのは、仁左どんの助っ人をということでやすね。参りやしょう。さあ、いまから」

染谷はお沙世に頼み、わらじを用意してもらうとその場で雪駄《せった》を履き替え、紐《ひも》をきつく結んだ。忠吾郎も小僧を呼び、染谷の分も手甲脚絆を用意させた。

番頭の正之助、それに宇平とお絹も寄子宿から出て来て、忠吾郎と染谷を茶店の前で見送った。一人は恰幅《かっぷく》のある商家のあるじ風で、腰に鉄の長煙管を差し、一人は脇差を帯びた遊び人風である。街道を行く者には、みょうな組合わせに見えたことだろう。

その二人の簡易な旅姿が街道のながれのなかに消えると、縁台の横でお沙世は宇平に訊いた。

「ねえ、桔梗屋さんの離れってどんなところ？　裏庭の奥の、静かなところなんでしょうねえ」

「それならケガ人の看護にいいんですが、離れといっても旅籠の母屋と別棟になっているだけで、奉公人が寝泊まりする長屋のひと部屋でさあ。ちょうどわしらがいま住まわせてもらっているような」

宇平の言葉に、お沙世は安堵の表情になった。

かたわらからお絹が言った。すでに宇平から聞いていたようだ。

「奉公人の長屋でもひと部屋用意してくれるなんて、親切な旅籠ですねえ。品川の桔梗屋さんといいましたか」

その桔梗屋に、いま忠吾郎と染谷は向かっている。染谷はなにやら長い包みを小脇に抱えていた。忠吾郎が用意した、仁左とお仙のための脇差である。

正之助はまだ街道に立ったまま、

「相州屋《うち》の旦那さまは、ほんに物騒な道楽が過ぎまする」

つぶやくように言った。

正之助は、忠吾郎が札ノ辻に人宿を開業するとき、他の口入屋から引き抜いて来た番頭である。通い番頭で、すでに十年になる。あるじの忠吾郎が〝道楽〟に奔走できるのは、正之助が商舗《みせ》を慥《しか》と切り盛りしているからであった。

二

忠吾郎と染谷が品川に入ったのは、午《ひる》すこし前だった。

桔梗屋のあるじは、相州屋の存在を仁左やお仙から聞いていたか、江戸府内からつぎつぎと後詰《ごづめ》が来ることに、訝《いぶか》るようすはなかった。

「他人《ひと》のことというに、まっこと面倒見のよい人宿でございますなあ」

と、感心しながら、

「斬られなさった人、もう峠《とうげ》を越し食事も話もできるようになっておりますよ」

と、すぐ二人を離れに案内した。

(面倒見のいいのは、そちらのほうではないのか)

忠吾郎はあらためて思い、染谷もおなじように感じたようだ。もとより桔梗屋は羅宇屋仁左の男気《おとこぎ》にも似た性格は知っていただろうが、相州屋忠吾郎や染谷の背景は知らないはずである。だが忠吾郎の風貌や染谷の挙措《きょそ》に、

(はて?)

と、感じたことであろう。

離れは宇平がお沙世に言ったほど、質素な長屋ではなかった。部屋数はいくつかあり、そこで奉公人らが起居しているのは話のとおりだったが、母屋が満員のときには泊まり客も入れられる造作《ぞうさく》で、風呂の備えもあった。

部屋では、

「これは旦那、染どんも来てくれやしたか」

と、仁左は忠吾郎と染谷がそろって来たことに得心した。忠吾郎は、得体の知れない武士二人に襲われたのが鎌田村の百姓代であることを、宇平から聞いたであろうし、仁左は、鎌田村の狐の話をお仙から聞いている。それに品川は奉行所の管掌外とはいえ、仁左は染谷がところ構わずの隠密廻り同心であることを知っ

ている。

部屋のすみには、脇差二本と抜き身のものが一本、置かれている。

吾助は意識もはっきりしており、桔梗屋のあるじが言ったとおり、傷を癒《いや》すため動かず横臥しているだけだった。

その蒲団をはさんで仁左とお仙は忠吾郎、染谷と対座するかたちになった。吾助は新たな二人を仁左のお仲間とみたか、しきりに礼を言い、上体を起こそうとする。命の恩人であるばかりか、その後の面倒まで親身になって見てくれているのだ。

動けば傷口の痛さが増すのか、

「うううっ」

「あ、そのまま。お医者さまもおっしゃっていましたろう。食事と厠《かわや》以外は動くな、と」

うめいたのを、お仙がそっと肩を押さえた。

仁左は忠吾郎と染谷に、あらためて街道であとを尾けたところから現在《いま》にいたるまでを詳しく語った。

吾助は横臥のまま、一つひとつうなずいている。

聞き終えると忠吾郎は大きくうなずき、

（話してよいか）

仁左に目で語った。

すでに仁左は、吾助の遭難の背景には鎌田村の狐も含め、なにやら得体の知れないものが潜んでいることに気づいている。

仁左は無言のうなずきを返した。忠吾郎の目の合図は、吾助のいるところで話してもいいかとの問いかけだった。

「ならば」

忠吾郎は声に出し、吾助に自分が人宿のあるじであることから話した。吾助は相州屋の商いも所在地も、仁左とお仙から聞かされている。横臥したまま、得心したようにうなずいた。

忠吾郎は語った。

「わしはさっきも言ったように人宿の亭主だが、こちらはなあ、こんな形《なり》をしているが、江戸の北町奉行所の隠密廻り同心でなあ」

「えっ」

吾助は目を染谷に向けた。

これには仁左もお仙も驚いた。仁左には、忠吾郎が初対面の者に染谷の素性を明かすなど想定外のことだった。お仙はこれまでの経緯から、もしやと予想はしていたが、直接聞けば、やはり驚きである。

だが二人とも、すぐに解した。それだけ忠吾郎や染谷が、こたびの件を重くみている証《あかし》となる。それに、他人《ひと》からなにかを聞き出すには、まず自分のほうから隠し事の一端を明かすというのは、忠吾郎や染谷、仁左たちがともに心得ている聞き込みの手法である。

染谷は、忠吾郎の言葉と吾助の視線に応じ、

「そういうことだ。ほれ」

と、ふところの朱房の十手《じって》をちょいとつまみ出して見せた。

吾助が恐れるよりも逆にホッとした表情になったのを、忠吾郎も仁左もお仙も見逃さなかった。三人とも、吾助以上に染谷のつぎの言葉を待った。

染谷はつづけた。

「そなた、吾助という鎌田村の百姓代だってなあ。そこでこのあとも、かような目に遭わされぬようにと思うてな」

「ううっ」

吾助は顔をしかめ、ふたたび上体を起こそうとする。こんどはお仙もとめず、仁左がその肩に手をあて起きるのを手伝った。

上体を蒲団の上に起こした吾助は、

「恐縮に存じまする。お手数をおかけし、申しわけもありやせぬ。うっ」

鄭重《ていちょう》に謝辞を述べ、やはり動けば傷口が痛むのか軽いうめきを上げ、とくに染谷に視線を向け、

「まことに、お手数、おかけいたしまする」

言うと蒲団の下へ手を入れ、一通の封書を取り出した。これまで仁左が幾度も盗み見る機会のあった封書である。だが、仁左は見ていない。紐の結び方でそれはわかる。確認するように、吾助は封書を手にチラと仁左に視線をながした。仁左はかすかにうなずきを見せた。

(存在は知っておったが、見てはおらん)

言ったのだ。

吾助は解したか、

「ううっ」

ふかぶかと頭《こうべ》を垂《た》れた。髷《まげ》はすでに形を残していない。真剣な表情で、仁左

への信頼と感謝の念である。その顔を、ふたたび染谷に向けた。

染谷は応じるように言った。

「奉行所への重なる差口は、そなたら鎌田村の村方だな。江戸町奉行を通じて、内容がお城の若年寄や目付の耳に入り、鳥居家へ伝わるように……と」

忠吾郎と染谷は、品川への道中で、

「――あの差口はおそらく、おめえや呉服橋が言っていたように、鎌田村の者たちだろうなあ」

「――それに相違ありやせん。それがいまから確かめられる。こう言っちゃなんでやすが、わくわくしまさあ」

話していたのだ。

その〝わくわく〟を染谷はいま、確かめようとしているのだ。胸中は〝わくわく〟などではない。悲痛な思いで、吾助の返答を待っている。

吾助は言った。

「さようでございます。お手数をおかけし、申しわけありませぬ。さあ、仁左さんも、ご覧になってくだせえ」

封書を、染谷に渡した。

「ふむ」

染谷はうなずき、紐をとき、封を切った。

仁左が一番見たかったものである。これまで吾助の信頼を得るため、凝《じ》っと我慢して来たのだ。上体を前にかたむけ、視線を染谷の手元に釘づけ、固唾《かたず》を呑んだ。むろん、忠吾郎もお仙も同様である。

沈黙のなかに、書状を開く音がする。

「うっ」

染谷はうめき、一同は息を呑んだ。

——直訴《じきそ》
その二文字が、冒頭に書かれていた。鎌田村の村人が直訴といえば、むろん相手は鳥居清左衛門である。

文面は短く、奉行所への差口とおなじ内容だった。

仁左とお仙は初めて知るようすだったが、予想はついていた。

一同は顔を見合わせた。

吾助の語る差口の目的は、染谷たちが予想したとおり、その内容が鳥居屋敷に達するようにするための手段だった。

忠吾郎が問いを入れた。

「おめえさんら、奉行所を動かそうなど大それたことを考えるめえに、まず土地《ところ》の代官所へ訴え、それで埒《らち》が明かなんだら、直接お屋敷へ直訴に及ぶのが筋じゃねえのかい。それがうまく行かず、おめえさんには気の毒な結果になってしもうたようだがなあ」

忠吾郎は、吾助たち村方《むらかた》が立てた策を非難しているのではない。武士二人に襲われた経緯《いきさつ》を訊こうとしているのだ。そこに鎌田村のすべてが語られるはずである。仁左もお仙もうなずいた。

染谷も同感である。吾助を援《たす》けるように言った。

「差口は俺も見た。心配するな。幾通も届くのでお奉行は不思議に思い、それをお城の若年寄さまにも旗本支配のお目付にも見せられた」

「うっ」

うめきではない。吾助が初めて見せた安堵の思いである。

吾助は染谷のほうへ上体をねじった。

「ううっ」

こんどは傷口の痛さのようだったようだ。そのままの体勢で、

「して、いかように！」

「城中のことだ。俺にはわからん」

吾助は無言でねじった身をもとに戻した。

染谷はつづけた。

「奉行所内でなあ、鎌田村はどうなってるんだと秘かに話題になりかけたところへ、この相州屋から寄子の一人が、殺されかけた百姓衆に係り合ったとの知らせを聞いてなあ」

そのとおりである。染谷は事実を語っている。その誠意が吾助に伝わっているのが、上体を起こした表情からも看て取れる。仁左が封書に手をつけず、忠吾郎が染谷の背景を隠さず、染谷もそれに応じたのが奏功《そうこう》しているようだ。仁左などは三日二夜《みっかふたよ》、さきを急がず、敢《あ》えて問い質《ただ》すのもひかえたのだ。きのうから来て二日一夜《ふつかひとよ》のお仙も、それに倣《なら》っている。

吾助は首だけを動かし、忠吾郎、染谷、仁左、お仙を見まわし、思いっきり息を吸った。それだけで背中の傷口にこたえるのか、表情をすこしゆがめたが、うめきを上げることはなかった。

また染谷が、吾助をうながすように言った。

「さっきも見せたとおり、俺は北町奉行所の隠密廻り同心だ。だがな、いかに隠密廻りといっても、品川はおろかその先の鎌田村なんざ支配違いだ。十手なんざなんの役にも立たねえ。だからよう、ここにいるのは人宿の旦那に羅宇屋の兄さん、それに寄子宿に住まう家なしの姐《ねえ》さんとおなじ、遊び人の若い衆と思ってくんねえ。みょうに構えてもらっちゃ困るぜ」

「へえ」

吾助はうなずき、ふたたび一同へ順に視線をまわし、

「聞いてくだせえ」

それぞれがうなずき、吾助の口元に視線を集中した。

三

吾助の口元が動いた。

「村の代官所のお役人に襲われたのは、わしが二人目でやす。わしがこちらの羅宇屋さんに救われる三日前《めえ》でやした。夜になってから村を出やした。翌朝、明るくはなっていやしたが、まだ日の出前《めえ》でやした。品川宿のお人が村に駈けこんで

来なすった。鈴《すず》ケ森《もり》の仕置場《しおきば》の近くで人が斬られて死んでいる。この村の者じゃないか、と。わしら身に覚えがありますで、急いで見に行きましたじゃ。前夜村を出た、わしと朋輩《ほうばい》の百姓代でやした。ひと目で、刀で斬り殺されたのがわかる死に方でしたじゃ。ふところの直訴状がなくなっておりやした。だからわしら、斬ったのは村の代官所のお役人と、すぐわかりましたのじゃ。わしがその二人目になるところだったのでごぜえやす」

この話に、一同は息を呑んだ。すでに一人殺されていた。それも、仁左が吾助を助ける三日前だという。吾助の話にうそはあるまい。しかも斬ったのは代官所の者らしい。だとすればそれは、柳営《りゅうえい》の御使番である鳥居清左衛門の家臣ということになるではないか。知行取りの旗本は、千石級になれば知行地に代官所を置いている。代官も配下の役人も、その旗本家の家臣なのだ。明らかにこれは、お城の目付が乗り出さねばならない事件である。

仁左はひとことも発せず、凝《じ》っと聞いている。

染谷が確かめるように問いを入れた。

「直訴状というからには、向かったのは鳥居屋敷だな」

「へえ」

吾助は返した。

鳥居家の広大な拝領屋敷は、外濠市《そとぼりいち》ケ谷《や》御門内の番町《ばんちょう》にある。行くには東海道を進み、札ノ辻で街道から分岐した往還に入ることになる。

忠吾郎が、低く落ち着いた口調で言った。

「一人目が代官所の役人に殺されたのがわかっていながら、おめえさんが死を賭《と》した二人目として、直訴状をふところに番町に行こうとした。その経緯《いきさつ》を話してくれねえか。一方で奉行所へ差口をし、片方で直訴しようなんざ、おそらく在所ですったもんだがあったのじゃねえのかい。いまもなあ。そこでおめえさん、命知らずの役を買って出たのかい。それとも、やむなく買わされたのかい。そこにも興味が湧いてきたぜ」

「買って出やした」

吾助は応えた。

「ほう、どんな経緯で」

忠吾郎は吾助の顔を凝視した。染谷も仁左も、それにお仙も、吾助の言葉を待っている。

部屋にはかすかに薬湯のにおいがただよっている。

「やむを得なかったのですじゃ。わしが行く以外に……」

吾助は言った。

幕府の天領《てんりょう》、大名の領地、旗本の知行地を問わず、村々には百姓衆の総代として名主がおり、庄屋とも呼ばれている。その名主の補佐役で各五人組の仕切り役として組頭《くみがしら》がおり、そして吾助もその一人である百姓代がいる。百姓代は村々の百姓衆の代表として、毎年の年貢の割付《わりつ》けに立ち会うのが役務である。百姓衆からは突き上げられ、代官所の役人からは締めつけられる。きわめて損な役まわりだ。

吾助の話では、二年ほど前まで鎌田村も、年貢は旗本の知行地や天領が四公六民という慣習に倣《なら》っていた。

鎌田村では街道を大名行列が通るのをよく見かける。大名家は沿道の村々から助郷《すけごう》として、行列の荷担ぎ人足をタダで駆り出すことができる。街道沿いの村々では、これが春の田植えや秋の刈取りに重なれば、百姓衆は昼間荷担ぎ人足として行列について歩き、日暮れてから急ぎ村に戻り、月明かりに夜っぴて田植えや稲刈りをすることになる。

「ですがどのお大名さまも、鎌田村がお江戸の御使番である鳥居家の知行地と知っておいでで、御遠慮なすってわしらを助郷として駆り出すことはありやせんでしたじゃ。他の村の衆には申しわけねえが、わしらにとってはありがてえことでやした」

語る吾助の表情は、背中の傷も忘れたか、ほんとうにありがたそうになっていた。ところが二年前から、

「すべてが一変しましたのじゃ。ううっ」

背中の傷が痛んだか、苦痛を刷《は》いた表情になり、

「先代のお代官さまが三年前にお亡くなりになり、お江戸のお屋敷のご用人さまだった荒井甲之助《あらいこうのすけ》さまが、新しい代官として来られましたじゃ。これがお名前のとおり、荒いお方でございやして……」

荒井甲之助の着任は三年前だが、村の〝すべてが一変〟したのは、二年前からだという。荒井は一年ほど、ようすを見をしていたのだろう。

「いきなり四公六民が六公四民になったのでございやす」

「ほんとにか。そりゃあ非道《ひで》えなあ」

凝《じ》っと聞いていた仁左が言った。収穫の四割を年貢として納め、六割が農民のものになるのが、いきなり六割を年貢に持って行かれ、手元に残るのは四割だけ

となったのだ。

秋の終わりに、年貢米の上納がおこなわれる。代官所の役人が監視するなか、米の計量や質が検《あらた》められる。百姓衆にとっては、一年で一番つらい一日である。そこに立ち会うのが、吾助たち百姓代である。

しかもいきなり四公が六公となったのでは、どの集落からも、男からも女からも怒号と罵声、それに哀願の声が飛ぶ。

「辛《つろ》うございやした。ううっ」

思っただけで、背中の傷が痛むようだ。

「そればかりじゃございせん。うっ」

話はつづいた。新たな税は差口や直訴状に記した、家の間口や住む者の人数に対してだけでなく、井戸にも刈干《かりぼし》に必要な庭の広さにもかけられたという。

「それらは銭《ぜに》で納めねばなりやせん。それでわしら日銭を稼ごうと、豆や芋《いも》などを品川の町場に運んで売りましたじゃ。すると、その荷にも税でござんした。大八車じゃ音がするので、夜中にそっと背に担いで運びましたじゃ。街道にお役人が待ち受けていて……」

「没収されたのか」

と、仁左。

「いえ。税でございます。その計量を、わしら百姓代がやらされました。もう辛《つろ》うて、申しわけのうて」

「わかるぜ」

忠吾郎はうなずいた。

吾助の言葉はつづいた。

「ことしに入ってからでしたじゃ。子だくさんの家じゃ娘を女衒《ぜげん》に売り、爺《じっ》さまや婆《ばっ》さまのいる家じゃ、頭数の税を減らすため、早う死んでくれ、と」

「非道《ひど》い！」

と、お仙は絶句の態《てい》になった。

仁左が言った。

「ほんとうに、そんなことを!?」

「この年末ですじゃ。そんな家も出るかと……。その窮状を名主さんに村々の組頭さん、それにわしら百姓代がそろうて、もう幾度も代官所に訴えましたじゃ。いずれも門前払いで、ねばれば六尺棒で打擲《ちょうちゃく》され、足蹴《あしげ》にもされやした」

染谷が得心した口調で言った。

「うーむ。それでなんとか上聞《じょうぶん》に達しようと、江戸の奉行所に差口をし、その一方で番町の鳥居家に直訴も……」

「いいえ、直訴を思い立ったのは、そのあとでございやす」

「まだなにかあるのか、非道い話が」

「へえ。非道いかどうか……、狐の立て札でございやす」

「あ、それ。わたくしも聞きとうございます。あれはいったい……」

お仙が興味深そうに言ったのへ、仁左と染谷、それに忠吾郎までがうなずきを見せた。

いずれの田畑も狐や狸、鹿、イノシシの被害によく遭う。鎌田村では狐がよく出没していた。もちろん作物だけでなく、ニワトリへの被害も大きい。

「どこの村でもおなじですじゃ。わしら在所の者は柵をつくり、罠《わな》をしかけ、防いでおりますすじゃ」

「うむ」

忠吾郎がうなずいた。諸国への股旅でよく知っている。

吾助は言った。

「捕まえた獲物は銭になりましたじゃ。肉は村で食べ、毛皮はなめして品川に持って行けば、狐や狸は首巻に重宝されやして、もっとないかと言われるほどで。肉を購《あがの》うてくれるお店《たな》もありやした。売ったあと、女房や子供らにちょいと甘いものを買《こ》うて帰《けえ》るのが、わしらの唯一の楽しみでやした」

「そこにも税か」

と、染谷。

「へえ。肉は代官所に上納せよ、毛皮は一枚にいくら、と。井戸や間口の税を払うと、もう一文も残りやせん。そこでまた、名主さん、組頭さん、わしら百姓代が打ちそろうて代官所へ行きましたじゃ」

代官の荒井甲之助は言ったという。

「――おまえたち、代官所の目を盗み、稼いでおるとはけしからん。税を納めたくなくば、罠をしかけなければいいだろう」

吾助はいくらか興奮したか、

「ううっ」

またうめき、

「わしらが狐や狸に罠をしかけるのは、田畑を荒らされ、ニワトリが喰われるのを防ぐためでございやす。名主さんがお代官に言い返しましたじゃ。ならば、代官所が狐や狸を防いでくだされ。狐だけでもよろしゅうございやす、と。するとお代官の荒井さまは嗤《わら》いながら、相わかった……と」

「まあ。それが〝狐に告ぐ〟の立て札!?」

お仙が思わず言ったのへ吾助は、

「へえ。さようで」

これには忠吾郎も染谷、仁左らも顔を見合わせた。

狐の駆除を村人に請負《うけお》い、それが狐に向かって〝当鎌田村をみだりに徘徊《はいかい》するを赦《ゆる》さず〟の高札だった。

「これほど人を馬鹿にした話、ありやしょうか！　ううっ」

語る吾助は興奮状態になっていた。

「お代官は、わしら村方《むらかた》を、人間扱いしておりませんのじゃ」

そのようだ。

あの風の強い日、たまたま村に入ってその高札の前で、百姓衆が〝人を化かしおって〟と鍬をふり上げ叩き折ろうとしたのを見た、とお沙世の茶店で話した旅帰りのお店者は、おそらく百姓衆が〝人を馬鹿にしおって〟と言ったのを聞き違えたのだろう。

そのときの百姓衆の鍬と叫びは、明らかに在所の代官所に向けられたものであり、鎌田村のすべてを代表するものであったろう。

「ううっ」

吾助は低くうめき、言葉をつづけた。

「そのときですじゃ。わしら村方三役が再度寄り合い、悠長に差口の結果を待っておれぬ、直訴じゃ……と決しましたのは」

「ふむ。それで百姓代の一人が直訴状をふところに村を出て、鈴ケ森で斬殺され、直訴状を奪われたというのだな」

と、染谷。

「へえ」

「それでまた三役が寄り合い、二人目を出すことになった、と。それが、なぜおめえさんに」

訊いたのは忠吾郎だった。

吾助は明確に応えた。

「名主さんや組頭さんたちに頼まれたのじゃありやせん。斬られたのは、わしと同役の百姓代ですじゃ。わしが行かねば……。名主さんは泣きながら、その場で二通目の直訴状を認《したた》めましたじゃ。組頭さんたちも、泣いておりましたじゃ」

「まずいぜ、吾助どん」

仁左が割って入るように言った。

「おめえさん、品川の町場から尾《つ》けられていたぜ」

吾助は返した。

「気づいておりやした。風が強かったもんで、江戸へ着くまでに、なんとか撒《ま》けぬかと……。あのとき、おまえさまがいなさらねば、ううっ。ほんとうに、ほんとうにありがとうございやした。ううっ」

また上体を前に倒したところへ、玄関のほうから、

「もし、羅宇屋さんがた、お医者さまが往診に」

手代の声と同時に、

「どうかな、具合は」

医者が薬籠持《やくろうもち》をしたがえ入って来た。

吾助が起きているのを見るなり、

「あ、これ。起きたらいかんぞ。これは見舞いのお人らかな。困りますぞ。ケガ人を起こしたりしては」

「これはすまねえ」

忠吾郎が返し、仁左と染谷に目で合図をし、外に出た。お仙も出て来て、四人が立ち話のかたちになった。

忠吾郎は、

「桔梗屋さんもようやってくれておるようだが、なぜそこまで」

お仙に視線を向けて言い、ついで仁左にも向けた。忠吾郎はお仙が相州屋を発つとき、桔梗屋のようすも見て来てくれと頼んだのだ。だがお仙には、桔梗屋がただ親切なだけにしか見えない。

「ほんに親切なお宿でございます」

としか答えようがない。

染谷も、

(仁左どんが頼った桔梗屋、親切過ぎる)

思ったが、訊かないほうがよいと判断したか、なにも言わなかった。

仁左も訊かれたくないのか、自分に向けられた視線に、

「さっきの話で鎌田村の窮状《きゅうじょう》も、吾助の気骨もあらためて知りやした。で、旦那さん、どうなさいやす。わざわざおいでになられたからには……」

新たな問いを投げた。

「うむ」

と、忠吾郎はそのほうに応じ、

「わしは吾助を札ノ辻に引き取る。仁左どん、あとの段取はまた相談しよう。染谷どんもその気でいてくれ。いま医者が来たのはちょうどよい。訊いてみよう。いつ移すかは吾助の容態しだいだ」

「旦那、助《す》けなさるんですね、吾助を。いやさ、鎌田村を」

仁左は確認するように言い、忠吾郎と視線を合わせた。

忠吾郎は応じた。

「おめえが助けた男だ。聞いてしまうたからにゃ、放っておけんだろ」

「やっぱり忠吾郎旦那の相州屋さん、ただの人宿ではないのですね」

お仙が横合いから頼もしそうに言った。自分が相州屋に助けてもらったときのように、お仙はすでにその気になっている。

往診が終わったようだ。

忠吾郎たちは部屋に戻った。

吾助は新しいさらしを巻いていた。

医者は言った。

「なに、場所を変える？　どこへ。あと二、三日もすれば動かせようが、遠くなら駕籠に乗せてな」

吾助は追われている身である。相手が医者でも、移し場所を話すことはできない。

医者が帰ってから、臥《ふ》せっている吾助をはさんで忠吾郎、染谷、仁左、それにお仙の四人は鳩首《きゅうしゅ》した。

決めた。

――鎌田村にはしばらく知らせずにおく
「知らせれば代官所に洩れ、けえって危うくなるやもしれやせんぜ」

仁左が言ったのだ。すでに仁左は、代官所の役人二人と渡り合っている。

吾助の看護というより警護にお仙が引きつづき残り、そこに染谷も加わり、忠吾郎と仁左はひとまず江戸に引き揚げることになった。仁左は、

「すまねえ。きょうあすにも行かなきゃならねえお得意が一軒あるので」

言っていた。

代わりに忠吾郎が札ノ辻に帰りしだい、岡っ引の玄八につなぎを取り、あとの

段取を決めることになった。染谷も早く帰り、奉行所にこのようすを報告しなければならないだろう。

持って来た脇差二本を部屋に残し、忠吾郎と仁左は桔梗屋を出た。もちろん忠吾郎は、桔梗屋にはじゅうぶんな手当をした。

吾助はただただ恐縮の態《てい》になっている。

午《ひる》をとうに過ぎた時分になっていた。帰りの道中、仁左の背で道具箱のカシャカシャと鳴るなかに、忠吾郎はさりげなく訊いた。

「お得意というのは、そんなに大事《でえじ》なお客かい」

「へえ、まあ。染どんには申しわけねえんでやすが」

仁左は応え、それ以上は語らなかった。忠吾郎も問い詰めるようなことはしなかった。桔梗屋の件も、仁左が言うように、

「いやあ、男気《おとこぎ》のある、親切な旅籠でございやすよ」

と、それで納得することにした。

忠吾郎や仁左、それに染谷にも、心残りが一つあった。

吾助の語った鎌田村のようすに、

（誇張はないだろう）

思いながらも、直接的に裏を取る余裕のないことだった。

だが、それが居ながらにして取れる事態が、忠吾郎と仁左が留守にしている札ノ辻で発生していた。

四

まだ朝方、忠吾郎と染谷がお沙世たちに見送られ、札ノ辻を発ったすぐあとだった。

番頭の正之助が商舗《みせ》に戻り、宇平は商いに出た。お絹はそのまま茶店の縁台に腰かけ、茶を飲みながらお沙世と、

「斬られた人の介抱なら、わたくしも行きたかったのにねえ」

「そう、わたしもですよ」

と、話していたときである。だからその者二人はすぐ近くで忠吾郎たちとすれ違ったはずだが、いずれかの路地に身を潜めていたか、まったく気づかれなかった。目にとめておれば、

（ん？）

と、忠吾郎は近寄り、なにがしかの声をかけていたはずである。

おクマとおトラも、さきほど蠟燭《ろうそく》の流れ買いと付木売りの商いに出たばかりで、すでに路地奥の寄子宿にはいなかった。

「それじゃわたくし、裏庭の掃除などをしておきますので」

と、お絹が腰を上げ、なにげなく忠吾郎たちの去った品川方向に目を向けると同時に、

「あっ」

声を上げ、

「えぇ！　なに、いまの」

と、お沙世も気づいた。

二人の男が、さっと茶店の中には入らなかったが、立てかけてある葦簀《よしず》の陰に走りこんだのだ。

忠吾郎も仁左もいないが、お絹が一緒である。その分、気も強くなる。カラの盆を武器代わりに一歩進み、お絹も懐剣をふところにしていないが、素手で身構えお沙世につづいた。

「なによ、あんたたち」

お沙世が声をかけた。

葦簀の陰に走りこんだというより身を隠した男二人は、頬かぶりで顔を隠し、丸腰だった。着物もそれほど乱れておらず、わらじの紐をきつく結び、手甲脚絆を着けているが、その姿はやはりみすぼらしく見えた。それに、若者というより少年のようだ。

「すんません、姐《ねえ》さんがた」

「ちょい、隠れさせてくだせえ」

二人は口早に言うと、葦簀の陰に身を縮めた。

声もまだ子供である。

「なんなのよ、あんたたち」

「しーっ」

お沙世が言ったのへ、一人が哀願するように口に指をあてた。

お沙世とお絹の背後を、袴《はかま》の股立《ももだち》を取り塗り笠をかぶった武士が二人、茶店のほうには見向きもせず、大股《おおまた》で品川方向へ通り過ぎた。

「ふーっ」

二人は大きく息をつき、葦簀の陰から出て来た。まだ往還にきょろきょろと視線をながし、落ち着きがない。

お沙世は再度声をかけた。

「ちょいと、あんたたち。なんなのよ」

詰問《きつもん》する口調ではない。

「へ、へえ」

「あ、まただ」

二人は言うと、ふたたび葦簀の陰に隠れようとする。

異常を察したお絹が、

「こちらへ」

さっと茶店の暖簾《のれん》の中を手で示した。

「あ、ありがてえ」

「恩に着やすっ」

二人は言うと茶店の中へ逃げこんだ。

また街道を、挟箱持《はさみばこもち》の中間《ちゅうげん》を供にした武士が通り過ぎた。

中では、

「ん？」

「おめえさんらは？」

おウメと久蔵が、客には見えない闖入者《ちんにゅうしゃ》に驚いている。

お沙世は機転を利かせたか、二人を追うように中へ走りこみ、

「あ、お爺ちゃん、お婆ちゃん。この人たち、相州屋さんのほうの人たちなの」

「ほう、そうか」

と、久蔵が得心し、おウメも、

「だったら、早《はよ》うお向かいさんに」

二人のみすぼらしいようすに納得して言う。

久蔵もおウメも、相州屋の忠吾郎がいつもおもての縁台に腰かけ、鉄の長煙管をくゆらせながら街道の人のながれを見つめている目的を知っている。

お絹が案内するように、

「さあ、二人ともこちらへ」

「あんたがた、誰に怯《おび》えているのか知らないけど、ここならなにも怖がることはないから」

お絹とお沙世に言われ、

「へえ」

「なんだか知りやせんが」

二人はお絹につづき、そのうしろをお沙世が護るように、寄子宿の路地に入った。街道を横切るそのあいだも、二人は左右をきょろきょろと警戒するように見ていた。

寄子宿の一棟におクマ、おトラ、それにお仙、お絹が、それぞれひと部屋ずつもらっており、向かい合わせのもう一棟に仁左と宇平が入っている。一棟五部屋だから余裕はある。

とりあえずお絹とお沙世は、二人を仁左たちの空き部屋に入れた。頰かぶりを取ると、髷というよりそれらしい結い方だが、はじめから整えていなかったのが見てわかる。そのままさほど乱れてもいない。衣装も粗末だがぼろにはなっていないので、近在の者と看て取れる。

母屋に知らせると、

「えぇえ！　旦那さまじゃなくて、お沙世さんたちが見つけたかね」

と、番頭の正之助がすぐに来た。見ると二人とも、丁稚《でっち》奉公ならすぐにでもできそうな歳で、

「ほう、ほうほう」

と、活発そうだが、悪童づらでないのがなによりもよかった。

さらに正之助は番頭として、

「いま旦那さまがいないのに、よく見つけなさった」

お沙世たちへ感心したように言い、二人にはここが人宿であることを説明し、

「このあとの見通しが立つまで、ここでゆっくりして行きなされ」

風貌どおりのやわらかい口調で言うと、まだおどおどしたところがあった二人の表情に、安堵の色が広がった。

正之助はお沙世とお絹に、

「それじゃ私は商舗のほうがありますから、旦那さまがお帰りになるまで、この人らから事情などを訊いていてくだされ」

と、母屋のほうに戻った。口入れ稼業もけっこう忙しいのだ。

お沙世とお絹は二人に手甲脚絆をはずさせ、

「さあ、あんたがた、名は？　どこの在所から逃げて来たの」

お沙世が言ったのへ、二人はハッとしたように顔を見合わせた。いきなり〝逃げて来たの〟と図星《ずぼし》を指され、戸惑ったようだ。だが二人にとってお沙世とお絹は、街道で追い出さずかくまってくれた、やさしい姐《あね》さまである。二人ともお沙

世とお絹に合わせて端座の姿勢になり、その姐さまたちを前にいくらか恥ずかしそうに、

「わしら……」

と、口を開いた。

甚太《じんた》と伴太《ばんた》といい、十三歳と十二歳だった。二人とも目はすずしげだがあご張り、似ているので年子の兄弟かと思ったら、

「へえ、いとこでやす」

と、兄貴格の甚太が言い、年下の伴太がうなずいた。

だが、在所の名は言わなかった。というより、隠そうとしている。

お沙世とお絹はみょうに思いながらもそこには触れず、交互に問いを入れた。

まずは、

「さっき、おさむらいから隠れるようにしてたけど、あれは？」

甚太が身をぶるると震わせ、

「恐《こえ》えんでやす。もし、見つかったら……」

「村の人がすでに二人、斬られておりやす」

伴太がつなぎ、顔をゆがめた。

「見つかったらって、なにか斬られるようなことをしたの?」

「いいえ、そんなことは、絶対。ただ、村を出ただけで、役人に追われ」

「殺されるんでやす。それだけで」

みょうな話である。だが、どうやら甚太と伴太は二本差そのものを恐れているのではなく、〝役人〟とやらを極度に怖がっているようだ。だから二人には武士を見ただけで役人に見え、そのたびに身を物陰に隠しながら札ノ辻まで来たのだろう。

「そんな命がけで、村を出たのですか。親兄弟は?」

「おりやす。親もわしらに村を出ろと。村に残っていても、これからますます喰えなくなり、さきはないから、と」

「それできょう、まだ暗いうちに村を抜け出し……」

さきほどのように、

「なぜ江戸へ。どこかへ、殺されると訴え出ようと?」

「いいぇえ、そんな大それたこと。ただ、江戸は近くだし、お江戸へ出れば、なんとか生きる道があるかもしれねえ、と」

「村にいても、年貢が厳しく、それ以外にも……」

　甚太と伴太は村の窮状をとつとつと語り、

「飢え死にするめえにと思い……。ここ、人宿なんでやすねえ」

「そうですよ」

「よかったあ」

「どこか、奉公先を……」

　お沙世もお絹も、品川の桔梗屋で吾助が忠吾郎たちに語っている話をまだ知らない。だがここまで話せば、甚太と伴太の在所はどこか察しはつく。

　お沙世とお絹は顔を見合わせてうなずきをかわし、

「あんたがた、狐に化かされているようなことは……」

「えっ」

「そ、それは……」

　お沙世が言ったのへ、こんどは甚太と伴太が顔を見合わせた。

　鎌田村の出であることはもう間違いない。旗本の知行地に限らず、いずれ大名の領地でも、領民の逃散《ちょうさん》には神経を尖《とが》らせ、見つけしだい連れ戻している。連れ戻された者には、在所で相応の仕置が待っていることになる。それにしても、甚太と伴太の在所の隠しようは度を超している。

詳しい鎌田村のようすをお沙世とお絹が聞けば、それもじゅうぶん得心することだろう。

忠吾郎と染谷はもう桔梗屋に着いていようか。それとも、離れでの話を終え、帰り支度に入っているころだろうか。

五

忠吾郎とそれに仁左の足が田町四丁目の地を踏んだのは、そろそろ陽が西の空にかたむきかけた時分だった。

お沙世はすでに茶店に戻っている。お絹は寄子宿の自分の部屋で、宇平が商う古着の繕《つくろ》い物をしている。宇平はきょう一人で朝から、近場へ商いに出ている。甚太と伴太はいまあてがわれた寄子宿の長屋の部屋でひとまずおとなしくしており、街道に出て来ることはなかった。まだ武士の姿が恐いのだろう。

札ノ辻にカシャカシャと羅宇竹の音が聞こえた。お沙世がこれほど忠吾郎や仁左の帰りを待ちわびたことはなかった。部屋にいるお絹もそうだろう。ときおり茶店まで出て来て、

「――まだかしら」

と、お沙世に訊いていた。

そのお沙世が、

「あ、仁左さんだ！　旦那さまも！」

と、カラの盆を小脇にしたまま、街道に飛び出した。

「あぁ」

急ぎの大八車がその前を駈け抜けた。土ぼこりが舞う。

大八車が走り去り、

「おっ、お沙世さん。そんなに手を振って出迎えたあ、大げさだぜ」

と、仁左がお沙世を目にとめた。

お沙世は忠吾郎と仁左のほうへ駈け、

「大げさなんかじゃありません。大変、大変なんです！」

言いながらひとまず忠吾郎と仁左を茶店の縁台に座らせ、お茶を出すよりも、
午前に甚太と伴太という若者を、お絹と一緒に寄子宿に入れ、

「それが、鎌田村の出なんです」

「なんと」

驚く忠吾郎に、二人をかくまったときのようすから事情を聞いた内容までを口早に話した。

おウメが、

「これこれ、お沙世。お茶も出さないでなにを話している」

と、奥からお茶を運んで来た。

それにはお構いなくお沙世は、

「さあ、二人ともいま長屋ですから。あ、お婆ちゃん、また縁台、お願い」

と、忠吾郎と仁左を急かすように寄子宿の路地に駈けこんだ。

「もう、あの孫《こ》娘は」

「すまねえ、おウメさん」

あきれたように言うおウメに、忠吾郎は返した。きのうからお沙世は、相州屋の〝仕事〟に奔走しているのだ。

（こいつぁ、俺も詳しく聞かなきゃならねえ）

と、仁左もお沙世につづいた。

甚太と伴太が母屋の裏庭に面した居間に呼ばれ、お絹も一緒に来た。むろん仁左も同座している。

「そうか。おまえたちにも、在所を捨てなきゃならねえ事情があったか」

忠吾郎は言う。さきほど縁台でお沙世から二人がかたくなに在所の名を伏せていることを聞いていたから、敢《あ》えて在所を訊かなかった。仁左が直訴状を開かず吾助の信を得たように、甚太と伴太も窮状を話しても村の名を訊かれなかったことに、相州屋をいっそう信じたようだ。

そこへ、忠吾郎が染谷に約束した、奉行所へのつなぎを取るよりも早く、

「うちの旦那、まだこちらですかい。なかなか帰《けえ》って来なさらねえもんで」

と、岡っ引の玄八が来た。得意の老け役で、そばの屋台を担いでいる。もちろん、甚太と伴太は人宿ということだけで、相州屋の背景を知らない。お沙世とお絹も、そこまでは話していないのだ。

「ほう、新しい寄子さんが入《へえ》ったかい。喰うかい、お代はいらねえぜ」

と、おかげで昼めしから時間も経っており、小腹の空いていたところで甚太と伴太はそばにありつけ、腹を鳴らして手繰《たぐ》り、うまそうにすすっていた。江戸の屋台のそばを食べるなど、甚太と伴太にとっては初めてのことだろう。

お沙世がいまさらながらに染谷が一緒でないことに思いがいたったか、

「向こうには染谷さんが?」

「ああ。俺は大事な得意先《でえじ》まわりがあり、そう仕事を留守にできねえから」

「お仙さんはきょうも?」

「ああ、そうなった」

仁左とのやりとりに、お沙世はこたびの事態とは別に、人知れず安堵の表情になった。

あらためて忠吾郎と仁左は、甚太と伴太から逃散《ちょうさん》の理由を聞き、そこに玄八も同座し、しきりにうなずいていた。

玄八とお沙世、お絹が、品川の桔梗屋で吾助が語った内容を聞かされたのは、「まあ、今夜はここでゆっくりしていけ」

と、忠吾郎から甚太と伴太が長屋に帰されてからだった。

明かり取りの障子が朱に染まりはじめている。間もなく日の入りのようだ。母屋の居間には、忠吾郎に仁左と玄八、それにお絹とお沙世が残っている。

忠吾郎は品川で吾助が語った内容を話した。甚太と伴太の語った内容と一致している。

お絹とお沙世は得心した表情になり、玄八も言った。

「するってえと、ここへ逃げこんださっきの二人も、鎌田村から逃散して来たことは間違えねえと。話の発端《ほったん》も、旅のお店者がここで語ったという狐の話だったたあ、こいつぁおもしれえ」

「おもしろいなどというような話ではありませぬ」

お絹が怒ったように言ったのへ玄八は、

「いえ、そんな意味で言ったんじゃござんせん。仁左どんが助けなすったお人まで鎌田村で、すべてが一本の線でつながっていたなんざ、そこが興味深く、おもしれえ、と」

「それは、わたくしも」

お絹は得心し、お沙世もうなずき、

「あ、いけない。おもての縁台、かたづけなくっちゃ」

腰を上げた。

障子の朱色がふっと消えた。日の入りである。これから急速に夜の帳《とばり》が降り、冷えこみも増す。

お絹も、

「部屋のかたづけをしなくちゃ」

と、お沙世につづいて部屋を出た。

忠吾郎と仁左、玄八が残った。

行灯《あんどん》に火が入った。

さきほどは出なかった御使番千二百石の旗本、鳥居清左衛門がその場の俎上《そじょう》に載せられた。

忠吾郎は言った。

「どうも解《げ》せねえ。呉服橋は鳥居清左衛門を、好人物だと言うておった。それが知行地で吾助や甚太、伴太らが言うような、あくどいことをやるかのう」

仁左も玄八も、忠吾郎が浜久で奉行の忠之と談合したとき、同座していなかった。いたのは染谷である。

仁左が言った。

「吾助が言ってたんじゃござんせんかい。すべては代官に荒井甲之助という用人が来てからだ、と」

「そこよ、わしが解せねえのは。無類の好人物の屋敷が、そんなとんでもねえ用人を召し抱えていたなんざ、珍しすぎやしねえかい」

「おもしれえ」

玄八がまた言い、

「染谷の旦那がここにいたなら、あっしにきっと言いなさるぜ。裏を取って来いってね。仁左どん、どうでえ。行かねえかい。甚太と伴太の侍《さむれえ》に対する怯えよう、尋常とはいえねえぜ」

鎌田村への潜入である。といっても、潜入などというほど大げさなものではない。なにかの行商人を扮《こしら》え、村に入るだけである。それで一軒一軒まわれば、吾助や甚太、伴太たちの話の裏はおよそ取れるだろう。行商人が村へ入るのに、代官所が六尺棒で通せん坊をすることはないだろう。

話がまとまり、玄八が腰を上げたのは、すっかり暗くなってからである。

これから玄八はそばの屋台を担いで帰り、あしたの朝早くまた来ることになった。仁左は屋台をここへ置いて行ってはと言ったが、あしたの行商の準備があるからと持ち帰ることになったのだ。

忠吾郎が庭まで出て、提灯《ちょうちん》に火を入れた屋台をよいしょと担ぐ玄八に思わず、

「大変《てえへん》だなあ、おめえの稼業も」

言ったのへ、

「へへ、旦那からもそう見えやすかい」

玄八は満足そうに返した。見かけは年寄りだが、中身は若いのだ。忠吾郎が思

わずいたわりの声をかけるほど、玄八の老けづくりは堂に入《い》っている。

玄八の屋台の灯りが人の絶えた街道に出ると、長屋の部屋に戻ろうとする仁左に忠吾郎は、

「仁左どん。おめえ、あした大事《でえじ》な得意先まわりをするんじゃなかったのかい。大丈夫かい、鎌田村くんだりまで行って。一日仕事になるぜ」

「お得意まわりは、一日延ばさしてもらいまさあ。殺されかけた吾助を助けたのが、そもそもの奇《く》しき因縁《いんねん》かもしれやせん」

仁左は返した。

六

あくる朝、縁台をおもてに出していたお沙世は、また声を上げた。日の出を迎えたばかりである。互いに白い息を吐きながら、

「あらあ、玄八さん。きょうはいったい」

玄八は老けづくりはいつものとおりだが、重ねの御膳籠《ごぜんかご》を背負い、笠をかぶり、そば切りを売る麵《めん》売りに扮《こしら》えていた。商うのはそば切りだけでなく、揚げ

物など簡単な惣菜もそれぞれの籠に入っている。

仁左が寄子宿の路地から、カシャカシャと音を立てながら出て来た。宇平も一緒で、忠吾郎も相州屋の玄関から顔を見せた。

お沙世はきょうの仁左たちの行き先を聞き、

「だったらわたしだって、小間物屋にでもお茶葉売りにでも、なんにでもなりますのに」

と、不満そうに言う。

宇平も見送りである。昨夜、仁左がきょうの予定を話したのだ。宇平も古着の行商で一緒に行くと言ったが、行くのは鎌田村である。本物の年寄りがいたのでは、かえって足手まといになるなどと仁左に言われ、仕方なく見送りだけとなったのだ。

忠吾郎は二人に言った。

「行き帰りに桔梗屋に寄り、吾助の容態しだいでは、染谷とお仙に言って、きょうあすにも連れて帰《けえ》ってくれ」

と、駕籠代と桔梗屋への手当の金子《きんす》を用意した。

二人は発った。往《い》きに桔梗屋へ寄っても、午《ひる》にはまだ間のあるうちに鎌田村に入ることができるだろう。

陽がいくらか昇ってから、おトラとおクマが路地から出て来た。声をかけたお沙世に、

「ここんところ、ほんとおかしいよう。仁左さんやお仙さんが帰って来なかったり、朝早くに出かけたり」

「きのうなんか、男の子が二人も寄子になっていたし」

「そうそう」

と、寄子の二人増えたことには、二人とも嬉しそうだった。江戸暮らしの指南のやりがいがあるのだろう。


まだ陽は中天にかかっていない。玄八は旦那の染谷結之助に、鎌田村での聞き込みを話しておく必要から、まず桔梗屋に立ち寄った。

吾助の回復は早く、桔梗屋に怪しい人影が現われることもなかったという。おそらく斬りつけた二人は、吾助が手負いとなっても江戸に向かうと判断し、引き返すかたちとなる品川への探索はしなかったのだろう。品川で手厚く看護されているなど、想像外のことだったのかもしれない。

仁左が戻って来て、新たなお仲間まで一緒だったことに吾助はいよいよ恐縮の態になり、蒲団の上に上体を起こした。きのうと違い、お仙は制止しなかった。回復が目に見えてよくなっているのだ。きのうのように、話しながらうめき声を洩らすこともなくなっており、ほとんど自然に話していた。五人は部屋で語り合った。染谷とお仙、仁左と玄八、それに吾助である。

吾助は、

「えぇえ！　あの二人が⁉」

と、甚太と伴太が相州屋にかくまわれたことに驚きを隠さず、

「無謀な！　まだ子供じゃのに」

つぶやいた。

その余波で、仁左と玄八がこれから鎌田村へ聞き込みに入るとは、自分の話の裏を取りに行くことにもなる。嫌な顔をするどころか、

「見て来てくだされ。在所の者たちが、二人の逃散に浮足立っていないか」

哀願した。逃散はご法度《はっと》であり、捕まれば処断が待っているのは誰もが知っている。だが集団でやれば……、名主も代官所も収拾がつかなくなるだろう。

「よし、わかった」

仁左が返し、

「だが、おめえさんのことは、いましばし伏せておこう。よいな」

「へい」

染谷が言い、玄八は返した。鎌田村に吾助の生きていることがながれれば、代官所は探索の人数を増やすだろう。すでに荒井甲之助は江戸の鳥居屋敷に探りを入れ、まだ直訴状が達していないことを確認しているはずである。

吾助は狐の高札の場所も指で図を描き示した。三カ所だった。

二人が部屋を出るとき、吾助は起き上がり、外まで出て見送ろうとした。

お仙と染谷は止めた。傷口への心配もあるが、探索の手の者が近辺をうろついていないとも限らないのだ。

府内の札ノ辻への移送は、もう一度医者に診せ、仁左と玄八が、

「鎌田村より帰って来てから」

差配は染谷である。遊び人姿のふところには、出したくはないが朱房の十手が入っている。玄八は十手を持っていない。岡っ引はあくまで同心の私的な耳役《みみやく》であり、切羽詰まったとき以外は丸腰で、捕縄《とりなわ》も持っていない。かえってそのほうが、当人には緊張感が増すものである。

外には、

「くれぐれも無理をなさらぬよう」

お仙が出て見送った。

若い羅宇屋と年配の麺売りの二人が鎌田村に入ったのは、太陽が中天にかかるすこし前だった。

この季節、どの村々でも刈取りのあとで田地は黒々とし、人の動きもあまり見られない。人は屋内で縄を綯《な》い、莚《むしろ》や草鞋《わらじ》を編んでいるのだ。

一軒一軒、戸を叩いた。返事はあるが、商いにはならない。煙管《きせる》の脂《やに》取りをしたり羅宇竹をすげ替えたりする者はない。ましてそば切りを買い、惣菜まで行商人から購《あがな》う家などあろうはずがない。それを確かめるための行商である。往還でときたま出会う者は、胡散臭《うさんくさ》そうに二人を見る。その所作に、活気はない。なにかに怯えているようである。

件《くだん》の高札の場に行った。さりげなく通りかかった風情を装《よそお》った。一カ所は荒々しく引き抜かれたことがわかる。もう一カ所はへし折られ、細い柱の棒のみが斜めになって残っていた。

さらにもう一カ所……、あった。街道に一番近い場所だった。お沙世が言っていた旅帰りのお店者が見たというのは、たぶんこれであろう。確かに〝告狐〟とあり、〝狐が鎌田村をみだりに徘徊するを赦さず〟などと記されていた。

「ほう」

「なるほど」

二人はさりげなく通り過ぎた。

しばらく歩いてからだった。

羅宇屋の仁左が、

「さっきからだなあ。うしろ、どうする」

「気づかぬふりをして、そのまま進みやしょう」

麺売りの玄八が返した。

二人は足を、名主の家のほうに向けた。

吾助の死体も見つからず、行方もわからない。代官所にすれば、直訴状が江戸の鳥居屋敷にとどき、

(お殿さまは巡見使を村に入れなさった)

推測しても、不思議はない。むしろ、自然である。

名主の家が見えた。粗壁《あらかべ》の塀に、一応の門は備えている。

「待て」

背後から声がかかった。

それを待っていたのだ。二人は足を止め、ふり返った。

着ながしに厚手の半纏を着けている。鉢巻にたすき掛けではないものの、手甲脚絆の身支度だ。なによりも、六尺棒を小脇にしている。代官所の奉公人というより、イザというときには捕方に変身する要員であろう。

「見なれぬやつだが、行商か」

「へえ。あっしはそば切りの麵売りで、こいつは」

「羅宇屋でございやす。羅宇竹のすげ替えでもありますれば、へい」

玄八が年寄りじみた声で返し、仁左が若い声でつなぎ、慇懃《いんぎん》に腰を折った。背の羅宇竹がカシャリと音を立てる。

思ったとおり、代官所に連れて行かれた。引かれるというより、六尺棒の男は鄭重《ていちょう》だった。

代官所は白壁の塀で、いかにも武家屋敷といった造作だ。

母屋には案内されず、正面門の門番詰所に案内され、母屋から武士が一人、出て来た。役人のようだ。仁左は下向き加減になって対手《あいて》をうかがったが、吾助を襲った武士ではなさそうだった。あのとき仁左は武士二人の顔を見ておらず、うしろ姿だけだったから、武士のほうでも明るいなかに仁左を見ても、吾助の始末を邪魔したやつとはわからないだろう。

「どうだ、この村で商いになったか」

「いえ、それがさっぱりでやして」

「街道の通りすがりに寄ったのでやすが、もう帰ろうかと」

「そうだろう、そうだろう」

役人は愛想よく言い、

「で、麺売りと羅宇屋ということだが、どんな物を持って来ておるかのう」

と、仁左が脇に置いた道具箱の抽斗《ひきだし》を自分で引き開け、中をあらためはじめた。にわかづくりの行商ではない。

「ほう、ほうほう」

と、中は煙管の雁首に吸い口、ぼろ布、それに若干の煙草である。上蓋《うわぶた》に挿しこまれているのは羅宇竹だ。

「どうですかい。お代官所に、煙草をたしなまれるお方はござんせんかい」

「そのうち、訊いておいてやろう」

玄八の御膳籠にはそば切りに揚げ物、練り物などが入っている。

「どうでしょう。熱いそばに入れると、旨《うま》さが一段と増しやすぜ」

「あいにく、みんな昼めしを終えたところでなあ」

と、明らかに中身の点検である。もとより本職はだしの羅宇屋とそば屋だ。中身どころか、なにを訊かれても応えられる。

「ふむ。手間を取らせた。帰っていいぞ」

と、さほどの時間も取らず、解き放された。

役人は終始にこやかで、高飛車に出たり、疑い深そうな目で見ることはなかった。もし、この羅宇屋と麺売りが、江戸屋敷から遣わされた巡見使なら、

（鄭重に扱っておかねば）

思ったのであろう。なかなか世慣れた役人のようだ。

帰途についた。短い探索だったが、村全体の沈んだようすは体感できた。だが鎌田村に入った者なら、誰でもそれは感じる。旅帰りのお店者も、ほんのすこし入っただけで、異常さを感じ取っていたのだ。

仁左と玄八ならではの成果もあった。一つはさきほどの、役人の物腰はやわらかだったが、

(よそ者には警戒の目を向けている)

もう一つ、街道に出てから品川への歩を踏みながら、玄八は言った。

「感じやしたかい。代官所じゃのうて、村人のよそ者を見る目さ」

「ああ、警戒していた。代官所の役人や捕方たち以上によう」

仁左は返した。

二人とも、おなじものを村人から感じ取っていたのだ。

玄八がさらに言い、仁左は返した。

「百姓代の吾助どんが懸念していたとおり……」

「やはり、俺も感じた」

歩を進めながら、顔を見合わせた。

(打ちそろって逃散)

である。

二人は歩を速めた。

混乱は、村のためにも村人のためにもならない。現在《いま》の世に集団逃散など、より困難な境遇が待っているだけである。その先鞭《せんべん》をつけた甚太と伴太は、たまたまお沙世とお絹に声をかけられ、相州屋の寄子となったからよかったが、あのとき茶店の前を素通りしていたなら、いかなる境遇が二人を待っていたか知れたものではない。それが集団となれば、全員が法度を犯した罪人になるのだ。

七

二人が品川の桔梗屋に戻ったのは、陽射しに道行く人の影が徐々に長くなりはじめた時分だった。

染谷は町駕籠を手配し、お仙も帰り支度をととのえていた。

ひとまず部屋で二人は鎌田村のようすを話した。仁左が、村人たちの警戒するようなようすを話したとき、

「えぇえ！」

驚きの声を上げたのは吾助だった。さらしをきつく巻いて床《とこ》を引き払い、桔梗屋が提供した古着の綿入れに着替えている。

つぶやくように言った。

「だからわしらが命がけで差口し、直訴までしようとしているのに」

「気を落ち着けてくださいい。傷に障《さわ》りますよ」

お仙が言った。吾助は両のこぶしを前に突き出し、ぶるぶると震わせはじめたのだ。

「さあ、行きやしょう。これ以上長居をしたんじゃ、桔梗屋さんに迷惑がかかりまさあ」

「そのようだ。ともかく引き揚げだ。いま発てば、札ノ辻ならそう暗くならねえうちに着きやしょう」

仁左が言ったのへ、染谷も帰りを急かした。

一同そろって桔梗屋に礼を述べ、駕籠は泊まり客を送り出すように旅籠の玄関前から出た。

「ゆっくり、あまり揺らさぬようお願いします」

お仙が駕籠屋に言っていた。

そのお仙と羅宇屋の仁左が先を進み、駕籠には遊び人の染谷がつき添い、そのうしろに麵売りの玄八がつづいた。それぞれがいくらか間合いを取っているので、この一行が一連のものには見えないだろう。脇差二本は、駕籠の中で吾助がしっかりと抱え持っている。

この陣容に、往還まで出て見送った桔梗屋のあるじは、得心したようにうなずいていた。

駕籠はゆっくりと歩を取っている。お仙は着物の裾をたくし上げているが、駈け足になることもなかった。旅帰りで陽のあるうちに府内へと急いでいるのか、品川の町場を出てから高輪の大木戸に入るまでに、二、三挺の町駕籠に追い越された。向かいから来てすれ違った駕籠は、これから品川宿の花街にくり出す嫖《ひょう》客《かく》だろうか。

駕籠をつけ狙う、怪しい動きはなかった。

一行が札ノ辻に入ったのは、陽が落ち暗くなりかけた時分だった。街道に動く人影もまばらになっている。向かいの茶店はすでに雨戸を閉じていた。羅宇竹のカシャカシャと鳴る音に、お沙世が雨戸の潜り戸から飛び出て来た。

「あ、お仙さんも？　あとの人たちは」

「うしろ」

お仙がふり返るまでもなく、

「エッホ」

「ヘイッホ」

と、町駕籠はすぐそこに来ており、

「おう、ここに停めてくんねえ」

「へいっ」

「がってん」

染谷の声に、駕籠尻が地につけられた。

すぐうしろに御膳籠を背負った玄八がつづいている。

「えっ。そんなら駕籠は、あの品川のお人！」

と、お沙世は駕籠に駈け寄った。

灯りの洩れている潜り戸の中へ、

「お爺ちゃん、お婆ちゃん。ちょっとお向かいさんに行って来る」

声を入れた。お沙世ももうすっかりお助け仲間の一員である。お仙の敵討ち助勢のときもそうだった。

仁左と玄八は吾助を支えるように、路地から相州屋の裏庭にいざなった。

裏庭に面した母屋の居間に灯りが入った。

仁左と玄八が吾助の傷口をあらためた。さらしにも出血の跡はなく、異常はなかった。そのあいだにも吾助は、ふたたび相州屋忠吾郎に会い、幾度も礼を述べていた。

お絹と宇平も長屋から出て来て、裏庭から母屋の居間に上がった。

通いの女中たちや、通い番頭の正之助たちはすでに帰っている。お沙世はむろん、お仙もお絹もすでに相州屋は勝手知った他人の家で、お茶の用意をしたり簡単なお粥《かゆ》をつくったりするのも手際がよい。

仁左と玄八が鎌田村のようすを話す。

村中《むらなか》に、打ちそろって逃散のようすがあることには、

「なんと！　そこまで」

と、忠吾郎も驚きの声を上げた。その結末をよく知っているからである。

吾助が遠慮気味に、

「あのう、甚太と伴太は、どこに」

問いを入れ、仁左が長屋へ呼びに行った。二人は百姓代の吾助の消息はまだ聞かされていない。

「おまえたちに確かめてえことがある。ついて来ねえ」

仁左が言ったものだから二人は緊張した。縁側から母屋の居間に上がるなり、

「ひーっ、吾助さん！」

「生きて、生きていなさったので！」

声を上げた。

「座れ」

吾助は硬《かた》い口調で言い、

「吾助さん、なんでここに⁉」

「いってえ、これは⁉」

村の若い衆というより子供二人の問いに応えることなく、

「どういうことだ。おまえたち、誰に言われて村を抜け出した。おまえたちだけの考えで出たのではなかろう。さあ、どうなんだ！　ガキなら代官所もそう目を光らせんじゃろと思うてからに、まったく。うう」

さすがに傷口が痛んだようだ。

忠吾郎をはじめ、お沙世たちにとっても、歳の差はあっても村の者同士が外で生きて会えたことに喜び合うかと思っていたら、意外な展開だった。

だが、忠吾郎と仁左、染谷、玄八はすぐに解した。

名主をはじめ村方三役が秘かに寄合い、差口に直訴と命がけで策を進めている一方で、村人が集まり、打ちそろって逃散の挙に出たなら……。出なくても、事前に洩れたなら……。おそらく洩れるだろう。直訴する対象である鳥居家そのも

ころどころか、直訴や差口への上お上は村人し、指図を阻止に代官所の在所、驚愕《きょうがく》し
頓挫《とんざ》するだけで出した一人を犠牲者、乾坤一擲《けんこんいってき》の策は、こたびの策は、こ
するはなく……

のが驚愕《きょうがく》し、在所の代官所に阻止を指図し、村人はお上への差口や直訴どころではなくなるだろう。こたびの乾坤一擲《けんこんいってき》の策は、犠牲者一人を出しただけで頓挫《とんざ》することになる。

案の定だった。甚太と伴太は吾助の権幕に圧倒されたか、端座のまま身を縮ませ、

「お父《と》うやおっ母《か》アに言われ、親戚からも……」

「近所の人らもそっと集まり、わしら二人に江戸へ出て、生活《たつき》の道はあるか見て来い……と」

仁左が二人を呼ぶとき〝確かめてえことがある〟と言ったのは、このことだったのだ。

吾助は吐き捨てるように言った。

「子供なら代官所に捕まっても、叱《しか》りおくだけだと判断したか。まったく……」

おなじ村人への非難は避け、

「わしは代官所の役人に斬られ、ほとんど一命を落とすところ、運よくこちらの仁左さんに助けられてなあ」

と、吾助は泉岳寺近くの出来事から、いましがた町駕籠で相州屋に運ばれて来

た経緯を語った。

甚太と伴太は、逃散の先鞭に立つだけあって活発な性質《たち》のようだが、やはり十二、三歳ではまだ荷が重すぎる。行為がいかに無謀だったかを知ると、二人そろってわなわなと震えだした。

さらに吾助は言った。

「まったく、皆さまがたの親切に甘えるようで申しわけありやせん。助けてくだせえ。お聞きのとおり、村は切羽詰まっておりやす。いま一度、仁左さん、玄八さん。あしたにもまたご足労願いやして、その……」

「おめえと甚太、伴太が三人とも生きているってえことを、名主とこいつらの親たちに知らせ、しばらく事態を静観するように言ってくれ、と……」

仁左が返したのへお沙世が喙《くち》を容《い》れた。

「それなら、甚太さんと伴太さんを村へ帰せばいいじゃないですか。二人とも元気で傷ひとつ負ってないし」

「あはは、お沙世。そんなこととしてみねえ。こいつら二人とも代官所にとっ捕まって、村を出た理由を訊かれるはずだ」

「そ、そうなんです。だ、だから……その、仁左さんと玄八さんに……」

染谷が言ったのへ吾助は素早くつなぎ、

「代官所にわからねえように村の者をなだめてもらい、そのあいだにわしはあした、直訴状を持って鳥居さまのお屋敷に駈けこみますじゃ。場所は市ケ谷御門内の番町と聞いておりやす。おかげさまで背中の傷も癒えやして、わし一人で行けやす。はい、このご恩、決して忘れやせん！　うう」

切羽詰まった言いように、また背中の傷がうずいたようだ。

「ならねえ」

忠吾郎が威厳のある、ゆっくりとした口調で言った。

一同の意表を突く言葉である。甚太と伴太も含め、行灯の灯りのなかにこの場のすべての視線が忠吾郎に集中した。

忠吾郎は言った。

「甚太と伴太は、まったくの世間知らずだ。二人を外に出したお人らもなあ。吾助どん、おめえさんも考《かんげ》えが甘《あめ》えぜ。鎌田村の代官所じゃすでに一人を始末したが、おめえさんは殺《や》りそこねた。どこかで生きており、直訴状を持って江戸の屋敷へ駈けこむ機会を狙っているのじゃねえかと警戒しているはずだぜ。代官の荒井甲之助というのは、鳥居家の用人だろうが。それも知行地の代官になるくれえだから、けっこうやり手の」

「へえ。お屋敷じゃ、次席さまとお呼ばれだそうで」

吾助は皮肉をこめた言いようで応えた。

「そうだろう」

と、忠吾郎は得心したように返し、さらにつづけた。

「ならば、江戸の屋敷内でも、すでに手を打っているだろうよ」

「どのように」

「わからねえかい。お屋敷のご家老さまだぜ。屋敷内にも、かなり配下がいるとみて間違《まちげ》えあるめえ」

「ならば、直訴状を揉みつぶすと?」

吾助が言ったのへ忠吾郎は応えた。

「そんな生易《なまやさ》しいもんじゃねえ。千二百石ともなりゃあ、表門にも裏門にも常時中間《ちゅうげん》の門番が詰めていらあ。そいつらが荒井甲之助の手の者だったら、駈けこんだおめえはどうなるよ」

「あっ」

吾助は解したか、洩らした声は恐怖を含んでいた。

さらに忠吾郎はつづけた。

「そうよ。おめえさんはその場で捕えられ、直訴状は奪われ、鎌田村に送り帰される途中……。わかるなあ、どうなるかは」

部屋は緊張の空気に包まれた。

甚太や伴太などは色を失い、声も出なくなっている。

忠吾郎は裁定を下すように言った。

「吾助どんはあとしばらくここで傷を癒しねえ。甚太と伴太は相州屋《うち》の寄子のまま、おとなしくしているんだ。外に出ちゃならねえ、いいな」

強い口調で言い、

「それに仁左どんと玄八どん」

と、仁左と玄八に視線を向けた。あしたふたたび鎌田村に入り、名主に吾助らの無事を伝える件である。

「待ってくんねえ、旦那」

仁左は手の平を前に突き出し、言った。

忠吾郎は応じた。

「あぁ、そうだ。おめえさん、大事《でえじ》な得意先まわりがあると言ってたなあ。そうしねえ」

「だったら、わたし、行きます。小間物の女行商人になって」

お沙世が言ったのへ忠吾郎は、

「よしねえ。小間物の行商するったって、そう右から左へ用意ができるもんじゃねえ。宇平どん」

「行きます。なあに、古着買いになれば、行きは手ぶらですよ。足も丈夫でございますから」

視線を向けられた宇平は待っていたように応え、玄八に視線を向けた。

「仕方ありやせん。あしたは年寄り二人の行商人で行きやしょう」

玄八は応じた。

さらに忠吾郎は染谷にも言った。

「あした、いつもの時刻、浜久で。仁左どんは得意先まわりで来られねえが、まあ仕方あるめえ。さほどに大事な得意先なら。おめえさんは一緒できるかい」

「できやす。あそこはお沙世さんの実家で、旨《うめ》えものを喰わしてくれやすからねえ」

染谷は返した。忠吾郎は誰と会うとも言っていない。だが、お沙世や仁左、玄八たちにはわかる。染谷はさっそく奉行の榊原忠之につなぎをとることだろう。

それぞれのあしたの動きが決まった。

「もう、もう、なんとお礼を言っていいやら」

吾助は感極まった。

「すまねえ」

仁左は真剣な表情で言った。大事な得意先……というより、ここでは明かせない、独自の動きがあるのだ。

このときすでに、忠吾郎の脳裡には、お仙とお絹の役割も決まっていた。

三　つけ狙《ねら》う影

一

「あんれまあ、きょうはいったい」

「ほんとみょうだよう。ここんところ、ずっと」

蠟燭《ろうそく》の流れ買いのおクマと付木売りのおトラが、口をあんぐりと開けた。

商いの身支度をととのえ、長屋の腰高障子を開けると、向かいのそれぞれの部屋から、仁左と宇平と玄八が出て来たのだ。

吾助は母屋の居間に床《とこ》をもらい、染谷は昨夜の談合のあと、奉行所同心たちの組屋敷がある八丁堀《はっちょうぼり》に帰っていた。きょうは早めに出仕し、奉行の榊原忠之に相州屋忠吾郎の言付けを伝えることであろう。

長屋の部屋から出て来た仁左は、羅宇屋の道具箱を背負い、いつもと変わりはない。だが、宇平は竹馬の古着売りではない。

行商の古着屋は大きな風呂敷包みを背負い、町場で一軒一軒まわるのだが、宇平は小猿の伊佐治の商いをそっくり受け継いでいる。

両端に竹の足をつけた天秤棒《てんびんぼう》に古着をこんもりと盛り上げ、それを担いで町に出て広場の隅や角に据え、買い手が来るのを待つ。足つきの天秤棒を担いでいる姿が竹馬に似ているところから、人々はそれを竹馬の古着売りと呼び、一カ所にしばらくとどまっているので常店《じょうみせ》のように重宝している。

ところがきょうは竹馬を担いでおらず、風呂敷を首に巻いているだけだった。

おクマが訊いた。

「どうしたね、いつもの竹馬は。商売替えした？」

「いや、きょうは古着売りじゃなく、古着買いさ」

「ああ、それで風呂敷だけ」

宇平が応《こた》えたのへ、おトラが得心したように言った。帰りにはその風呂敷がふくらんでいることだろう。

おクマとおトラにとって、不思議がもう一つ、玄八である。

玄八はときおりそば屋の屋台を担いで相州屋に来るので、おクマもおトラも見知っている。それが岡っ引だということは知らない。

またおクマが訊いた。

「なんだね、玄八さん。きのうは寄子《よりこ》宿に泊まりなさったかね。それにその背中の箱は？」

「ああ、御膳籠《ごぜんかご》さ。ときには麺売《めんう》りもやるもんでね。そうそう、きのうの夜、つい帰りそびれて泊めてもらったのさ」

玄八は返した。きのうは帰りが遅かったからおクマ、おトラと会っていない。

またおトラが得心したように言った。

「そば屋さんだから、そば切りも売りなさるんだ」

おクマとおトラが首をかしげたのは、これだけではなかった。

羅宇屋の仁左と竹馬の古着売りの宇平は、いつもおなじ方向へ一緒に出向いている。ところがきょうは街道に出ると、宇平が麺売りの玄八と一緒に高輪大木戸のほうへ向かおうとし、仁左は一人でカシャカシャと逆方向の金杉橋のほうへ向かおうとする。

お沙世がすでに前掛姿で縁台に出ており、路地から出て来た寄子たちと朝のあいさつを交わしたところだ。

またおクマである。

「あんれ。きょうは宇平さん、玄八さんと一緒かね。それで仁さんが一人？」

「ああ。宇平さん、年寄りは年寄り同士がいいと。それで俺は寂しく一人さ」

と、仁左は返した。

玄八の老けづくりに、おクマとおトラは気づいていない。けさ裏手の井戸端で顔を洗うときも、玄八はおクマやおトラたちとうまく間合いをはずし、老けづくりをするまえの顔は見せていない。

またおトラが、

「ああ、それが一番いいよ。あたしらも高輪のほうさ。途中まで一緒だねえ」

と、おなじ方向へ向かう〝年寄り〟の四人組ができあがった。

お沙世が笑いながら、

「あはは、皆さん似合ってる。お気をつけて」

と、見送った。街道でのこうした一見なんでもないなごやかなようすも、町内に対する相州屋の信用につながっている。

カシャカシャの音にお沙世はふり返ったが、すでに仁左は一人で茶店の前をかなり離れていた。

「んもう」

お沙世は鼻を鳴らした。きのう仁左は、きょうは得意先まわりなどと言っていたが、相州屋が鎌田村の件で動いている最中にどこへ……。それを訊こうとしたのだ。

お沙世が〝年寄りの四人組〟を見送っているすきに、仁左がその場をさっさと離れたのは、お沙世に行き先を訊かれたくなかったからだった。

お沙世は羅宇竹の鳴る仁左の背を見送ると、

「お爺ちゃん、お婆ちゃん。ちょっと縁台もお願い。すぐ戻って来るから」

暖簾の中に声をかけ、向かいの寄子宿への路地へ駈けこんだ。

お仙とお絹に、

「きょうは一日、わたしたちで相州屋を護りましょう」

言うためだった。

それは、お仙もお絹も望むところだった。

甚太と伴太は部屋で逼塞《ひっそく》している。母屋には吾助もいることだし、二人が退屈まぎれにふらふらと街道に出ることはあるまい。なにぶん、鎌田村代官所の者に見つかれば、命がなくなるかもしれないのだ。

陽が東の空に高くなっている。

仁左の姿は、江戸城内にあった。

城内といっても外濠《そとぼり》と内濠《うちぼり》があり、いずれも城門をくぐれば城内である。外濠の内側には大名家や高禄旗本の屋敷が白壁をつらねている。この外濠の城内は、各城門に六尺棒の門番が番所から目を光らせているが、浪人と胡散臭《うさんくさ》い風体の者以外は、日の出から日の入りまでは往来勝手で、昼間は行商人や職人姿などが自儘《じまま》に出入りしている。そうでなければ、城内の武家屋敷は日々の生活《たつき》が成り立たない。

市ケ谷御門内の鳥居屋敷や呉服橋御門内の北町奉行所はこの城内であり、誰もが往来勝手である。

大手門《おおてもん》や半蔵門《はんぞうもん》、平川門《ひらかわもん》など内濠御門内には将軍家の本丸御殿をはじめ御金蔵や百人番所など柳営（幕府）の機能が集中しており、幕臣や大名以外は出入りできず、警備も厳重である。

仁左の姿は、なんと自儘に出入りできないはずの内濠城内を歩いていた。しかも裃こそ着けていないが、羽織袴で髷もととのえ、大小を帯びた武士姿である。大手門を入り伊賀《いが》、甲賀《こうが》、根来《ねごろ》など忍び衆の詰める百人番所の前を通り、本丸御殿への坂道を上っている。

その姿は本丸御殿の表玄関の前で止まり、向かって右手の目付《めつけ》部屋や徒目付《かちめつけ》の詰所《つめしょ》があるほうへ向かった。そこには目付衆専用の玄関口がある。

以前、登城した榊原忠之が表玄関前で偶然、目付衆専用の玄関口へ向かう羽織袴姿の仁左を見かけ、仁左が本名を大東仁左衛門《おおひがしにざえもん》という徒目付であることがわかったのだった。

当然それは、相州屋忠吾郎に伝えられた。忠吾郎は驚いたが得心し、仁左に問い質《ただ》すことなく、当人から打ち明けるのを気長に待っているのだ。問い質せば、仁左はふっといなくなってしまうかもしれないからである。

柳営で町奉行と目付を差配するのは若年寄だが、町場は町奉行支配であり、目付は旗本支配と、役務が厳格に分けられている。染谷結之助は隠密廻り同心として北町奉行榊原忠之の差配を受け、遊び人姿を扮《こしら》えて人知れず町場に目を光らせていることになる。

似たことをしているのが、旗本支配の目付の配下にもいる。旗本の行状や不正の探索に動いているのは徒目付であり、それらが目付の足、目、耳となっている。徒目付のなかには、身分を隠して町場に住みつき、常時探索の態勢を取っている者がいる。いわば市井《しせい》に隠れた〝隠れ徒目付〟といおうか。大東仁左衛門こと羅宇屋の仁左は、それだったのだ。

徒目付詰所専用の出入り口に消えた大東仁左衛門こと仁左は、目付部屋の一室で直属の目付、青山欽之庄《あおやまきんのしょう》と膝を交えていた。

相州屋の居間や金杉橋の浜久とは異なり、仁左は端座の姿勢を取っている。

青山は言った。

「困ったことじゃ。北町奉行所から上がって来た差口の件のう、そなたの探索ではどうやら本当のことらしいのう」

「御意《ぎょい》。二人目が殺されかけたのを助けたのはそれがしで、札ノ辻の相州屋がその者をかくまっていることも、いま申し上げたとおりにございます」

「そこよ、問題は」

「はっ」

「なにぶん、鳥居清左衛門どのは無類の好人物でのう、わしもよう知っておる。しかも将軍家の御使番じゃ。その役職に、瑕《きず》をつけるようなことがあってはならぬのじゃ。それゆえ、いますこし探索の手を入れ、悪行が鎌田村代官の、ほれ、なんとかと申したのう」

「荒井甲之助」

「そう、それじゃ。その荒井なにがしなる者の独断であれば、秘かにそやつを処断し、おもて向きはなにごともなかったようにできぬか」

「相州屋の合力《ごうりき》がございますれば、可能にございます」

「ふむ」

「なれど、もし御使番の鳥居さまが係《かか》り合《お》うておいでと判明いたせば……」

「うーむ。そのときは若年寄の内藤紀伊守《きいのかみ》さまに言上《ごんじょう》し、判断を仰《あお》がねばならぬじゃろ。ともかくじゃ、その荒井なにがしかの独断であれば、なにごともなかったように……、わかっておるな」

「はっ」

「それに、言うまでもないことじゃが、いずれになろうと、村人の一揆《いっき》や打毀《うちこわ》しなど断じて起こさせてはならぬ。逃散もじゃ。起きれば鳥居清左衛門どののみならず、柳営を揺るがす問題にまで発展するでのう」

「御意」

話が終わっても、部屋に張りつめた緊張がやわらぐことはなかった。むしろ増したようだ。

そのなかに青山欽之庄は言った。

「そなたが身を寄せている札ノ辻の相州屋のう、そなたの話じゃまったく特異な人物のようじゃが」

「御意。それがしが町場で探索を進め、ときには事態を糾弾《きゅうだん》し闇に葬《ほうむ》るのも、相州屋がいてくれればこそ、できることでございます」

「そうか。その相州屋忠吾郎とやら、大事にせいよ」

「もとより」

話し終えても、目付部屋の緊張感はなおそのままだった。

二

仁左が武士姿に戻り、江戸城内の百人番所の前を本丸御殿の正面玄関に向かっているころ、老けづくりの玄八と本物の老いた宇平は品川宿を通り越し、鈴ケ森《すずがもり》も抜け、鎌田村に近づいていた。

途中、幾人もの武士とすれ違い、また追い越されたがいずれも大股の速足で、往来人のなかから鎌田村の者を捜《さが》しているような、怪しげな素振りの者はいなかった。

いくつかの集落を過ぎ、鎌田村に近づいたのは、陽がまだ中天にかかるまえだった。村に入る道はいくつかあるが、

「見なさるかい、狐の立て札。おもしろうござんすよ」

「それそれ、見てみたい。字の読める狐など、ほんとうにいるんじゃや、怖《おそ》ろしゅうてなりませんからねえ」

「あはは。それを読める者はすべて、狐や狸の畜生《ちくしょう》扱いってことになりやしょうかねえ」

「人を畜生扱いなどと、笑い事じゃありませんぞ」

宇平は吐き捨てるように言った。女あるじのお仙に似て、けっこう堅物《かたぶつ》のようだ。

「まだ、立っていますかなあ」

と、立て札のある道に入った。

あった。

立ち止まった。

「うーん。これは非道《ひど》い」

宇平はまた吐き捨てるように言った。

確かに〝告狐〟とあり、

「かような高札を立てるなど、故意に村人を人間扱いしない所業にほかなりませんわい。吾助さんたちがこれを見て、直訴を決意しなさった気持ち、わかりますじゃ」

さらに宇平は言い、集落の中へ歩を進めた。

見るのが二回目の玄八は、別のことに思いをめぐらせていた。

一本は引き抜かれ、もう一本は叩き折られていた。それこそ村人の心情であろう。だが、一本残っている。

（折れば代官所に逆らう者として処断が……）

そこにも村人が代官所から受ける圧迫感が、いかに大きいかが想像できる。

高札の近くに人気《ひとけ》はなかった。近寄るだけで胸中に虫唾《むしず》が走るのだろう。村の中に歩を踏む二人の足取りは重かった。

数軒まわった。さっそく古着買いには動きがあった。自然と宇平は値を決めるのに勉強していた。宇平は、商いに向いていないのかもしれない。一方、麵売りに商いがあろうはずはない。だが、そば切りや惣菜を買ってもらうのが目的ではない。

商いとは別に、はたしてきょうも感じた。

よそ者に対する警戒心である。

五軒目の家を出たとき、玄八の脳裡をふとよぎった。

(まさか、この村の人ら……、打毀し?)

追い出されるように一軒目を出たときも、三軒目、五軒目も、家人がそっと戸を開け、玄八の背を見ていたのだ。

(つぎはどこへ入りやがる)

それを探っているような視線を、玄八は背に感じたのだ。ふり返ると、いずれもさっと身を引いていた。

「玄八さん、わしゃあもう悲しゅうて」

路傍《ろぼう》でかなりふくらんだ風呂敷包みを背に宇平は言う。破れた綿入れ、すり切れた股引《ももひき》など、一文でも高くとどの家も執拗《しつよう》にねばるのである。そこからも困窮のようすがうかがえるのだ。

「俺のは買ってもらうほうだから、さっぱりだ」

話しているところへ、またきのうとおなじ手甲脚絆の男が声をかけて来た。名主の家のすぐ近くだった。

「なんだね、おまえさん。きのうに懲《こ》りず、また来たかね。こっちは？」

「はい、古着買いで」

「ほう。売るのではのうて、買いか。商いはどうだい」

「はい、おかげさまで。あと、そこの大きな家に行けば、人もそろうていて、売り物も多いかと」

「あっしもで。せめて大きな家なら、なにか買《こ》うてくれるかと。さあ、行ってみようぜ」

また代官所へ連れて行かれるまえにと、玄八は急ぐように宇平の背を名主の家のほうへ押した。

引きとめられなかった。そればかりか、

「あはは。年寄り二人で仲よう商《あきの》うて来い」

男は声を、御膳籠と風呂敷包みの背に投げかけた。年寄り二人とみて、羅宇屋の仁左がいたきのうより、軽く見ているようだ。

入ると、さすがは名主の家で、下働きの男が出て来た。

玄八はそっと告げた。

「百姓代の吾助さん、生きておいでです。名主さんに」

「えっ」

下働きの男はすぐ奥に入り、玄八と宇平はおもての庭に面した縁側で待った。玄八の采配である。縁側は、門の外の往還からも見える。だからそこを選んだのだ。

名主が急ぐように出て来た。その瞬間を外から見られていないのはさいわいだった。だが、さきほどの男が門の外を行きつ戻りつし、断片的に門内のようすをうかがっている。

「日常《つね》のごとく、話してくだせえ」

玄八は注文をつけ、名主も外にうかがっている者がいるのに気づいたか、麵売りの言った意味を解した。あとは話しやすかった。

吾助も甚太、伴太も生きており、とくに吾助は刀傷を癒しながら甚太と伴太を監視していることを告げ、吾助からの言付けを伝えた。

名主は驚きながらも自然体をよそおい、

「承知。村に問題は起こさせぬからと、吾助さんに伝えてくだされ」

言ったとき、冬場というのにひたいと鼻の頭に汗をかいていた。汗まで外からは見えないだろう。しかも男は、断片的にしか門内のようすをうかがっていないのだ。

名主は当然、吾助たちの居場所を訊いたが、玄八は返した。

「それは吾助さんのため、延《ひ》いては鎌田村のためと思い、訊かねえでくだせえ。数日もすりゃあ吾助さんが自分で判断し、甚太や伴太をこちらさまへ走らせやしょうから」

しつこく問えば、この麺売り屋や古着買い屋に迷惑が及ぶかもしれない。信じるか信じないかの問題と解したか、名主は門の外にちらと目をやり、

「わかりました。村の者を、なんとかなだめておきましょう。そう吾助どんに言っておいてくだされ」

あとは縁側に家人が古着を持って来て宇平と値のやりとりに入り、下働きの女も出て来て御膳籠の中をのぞいた。

やがて玄八と宇平は腰を上げ、縁側の家人や下働きの女たちは、門を出る年寄り二人の背を見送った。

外に出ると、

「よかったじゃねえか。二人とも商いができたようで」

さきほどの手甲脚絆の男が言いながら、また近づいて来た。

玄八は返した。

「ああ、さっきのお人。ここ、名主さんのお家だったのでやすねえ。ちょうど午《ひる》前《めえ》だったもんで、あっしもいい商いをさせていただきやした」

「そうかい、そうかい。で、おめえさんら、まだこの村で商《あきの》うて行くかい」

「いえ、まだまわるところがありまして、また来させてもらいますで」

宇平が応え、二人は代官所へ連れて行かれることもなく、街道への道に歩を取った。玄八と宇平が商いで対《つい》を組むのは初めてだったが、息は合っていた。

街道に出た。

大任を果たした満足感を覚えた。

だが一方、玄八は言った、

「きのうよりもきょう……。切羽詰まっていやがったぜ」

「そう。私も、なにやら緊迫したものを感じましたじゃ」

宇平は返した。

実際、鎌田村には切羽詰まったものが増していたのだ。

宇平も荷を背負う身となっていたが、二人の足は速まった。

鈴ケ森を過ぎ品川宿の通りに入ったところだった。

玄八は尾けている者に気づいた。

「あそこで、ちょいと」

と、大通りの茶店の縁台に腰を下ろした。そのときに確かめた。宇平は小休止のためだったが、玄八は背後を確かめるために茶店の縁台に座ったのだ。

村内で話しかけて来た者ではないが、似たような手甲脚絆の男だった。尾行はその者だけなのか、あるいはもう一人か二人いるのか、茶店の縁台に座っただけでは確かめられなかった。

宇平には黙っていた。言って宇平がふり向き、気づいたことを相手に覚《さと》られないためである。

品川宿を出て袖ケ浦の街道に入った。

やはり尾いて来る。

泉岳寺門前の丁字路のところで、ふたたび茶店の縁台に腰を下ろした。疲れを感じていた宇平には、ありがたいことだった。

まだ尾いて来ていた。さっきとおなじ、旅姿ではないが手甲脚絆の男だ。どうやら尾行はこの者一人で、村の中での男よりいくらか若いようだ。はたして代官所は警戒していたか、行商の一人がきのうとおなじ麺売りだったことに疑問を持ち、尾行をつけたのかもしれない。なおも玄八は宇平に話さなかった。それだけ事を真剣に考えているのだ。

（高輪の大木戸を抜け、田町の町並みに入ったところで撒《ま》いてやろう）

算段を立て、腰を上げた。

歩きはじめた。

「鎌田村の名主さん、村の人らをなだめ切れようかなあ」

「わからねえ。ともかく札ノ辻の旦那に、早うなんらかの算段を立ててもらわなきゃならねえ」

「どんな」

「そんなの、俺が知るかい」

話しながら歩を進めているうちに二人の足は、両側から石垣が突き出た高輪の大木戸を入った。片側が海浜だった街道が、ここから両脇に家々の立ちならぶ田町の町場となる。

（さあて、どの茶店にするか）

物色しながら歩を進めた。

高輪大木戸を府内に入れば田町九丁目で、しばらく両脇の家並みは、旅帰りやこれから旅に出る人たちがよく腰かける葦簀《よしずば》張りの茶店がならんでおり、海側の並びでは、入って裏に抜けるとすぐまばらな草地と砂地がつづく海浜となっている。入って茶をすすりながら宇平にわけを話し裏手へ抜ける、籠脱《かごぬ》けをしようというのである。

陽はすでに西の空にかたむこうとしている。泉岳寺から歩きどおしで、

「どこでもいい、早く休みましょう」

と、宇平のほうが積極的に縁台の空いている茶店をさがし、

「あそこへ」

言って足を向け、二人そろって腰を据えたところへ、

「あらら、宇平さんと玄八さん」

「ここでお休みかね」

と、暖簾の中からおクマとおトラが出て来た。

「ここもあたしらのお得意さんで、きょうも付木を買うてもろうてねえ」

「ろうそくは使ってないけどさあ」

二人は玄八と宇平の前に立ったまま言う。朝方、一緒に相州屋を出た双方は、ここに近い街道で別れたのだ。

「あんれ、あんたらここで商いでしたか」

と、宇平は奇遇のように言うが、玄八は戸惑った。この光景を、尾けている男は憖《しか》と見ている。だが、このまま茶店の客にならざるを得ない。いま場所を変えれば、かえって不自然だ。

宇平は田町まで帰り着いてひと息ついた安堵からか、おクマたちと陽気に話している。茶店の縁台に座った事情を話すいとまもない。

「私ら、いま帰る途中じゃが、あんたらどうしなさる」

「もうすこしこのあたりをまわろうと」

「ろうそくを使いなさるところをね」

「ご苦労さんなことじゃ」

話しているあいだに、尾けている手甲脚絆の男は、いくらか離れているが筋向かいの茶店の縁台に腰を下ろした。

「さあ、もうひと仕事」

「陽が沈まぬうちに」

と、ようやくおクマとおトラは茶店を離れた。一見、年寄り仲間のほほえましい光景である。

手甲脚絆の男は、まだ筋向かいの茶店にいる。

玄八たちのいる茶店の前を、荷を満載した大八車と、荷馬三頭の列がつづけて通った。

（いまだ）

玄八は宇平の袖を引き、風呂敷包みと御膳籠を抱え持ち、裏手へ抜けた。潮騒が聞こえる。

「どうしなさった、玄八さん！」

突然のことに驚く宇平に、ようやく玄八は話した。

「えぇえ！」

と、宇平は驚き、尾行者がいることにまったく気づいていなかった。

手甲脚絆の男は、大八車や荷馬が通り過ぎると、対手の二人がいなくなっていたのだから、さぞ慌てたことだろう。

玄八と宇平は海浜の草地を踏み、それの途切れたところ、田町七丁目のあたりで街道に戻った。もちろん、ようすをうかがってからである。

もう田町四丁目の札ノ辻は近い。

「さすが玄八さん、うまくいったようですねえ」

「ああ」

宇平が言ったのへ玄八は返したが、懸念はあった。茶店でおクマたちと親しく話しているのを、もろに見られているのだ。しかもおクマとおトラは、事情をまったく知らない。

宇平はこうしたことに慣れていないせいか、尾行者を撒いたことで元気が出て来たか、

「さあ、札ノ辻はすぐそこですじゃ」

足を速めた。

三

相州屋の寄子宿では、吾助が甚太と伴太から目を離さず、

(うまく名主さんに伝わったろうか)

心配しながら玄八と宇平の帰りを待っている。忠吾郎も仁左も出払っており、心細い。お仙とお絹がおなじ寄子宿の長屋にいて、ときおりお沙世ものぞきに来るので、いくらか気が休まる。

「大丈夫、怪しげなお侍など通りませんでしたから」

と、さっきもお沙世が告げに来たばかりである。


その玄八と宇平が吾助に頼まれた大役を果たし、鎌田村の名主の家を出たころであろうか。

忠吾郎は金杉橋の浜久で、北町奉行の榊原忠之とあぐらを組み、対座していた。遊び人姿の染谷も同座している。

忠之は言っていた。

「さすがは札ノ辻に人宿の暖簾を張っているだけのことはあるのう。黙っていても向こうから係《かか》り合《お》うて来るとは」

手前を空き部屋にした一番奥の部屋で膝を交えると、忠吾郎はこれまでの経緯を詳しく話したのだ。吾助の身はすでに札ノ辻に移したが、鎌田村から子供が二人舞いこんで来て、聞けば鎌田村の百姓衆になにやら不穏な動きがあり、きょう玄八と宇平が鎌田村に向かったことなどなどである。

忠之はさらに言った。

「事態はいままさに、相州屋を中心に動いているところじゃのう。儂《わし》もできることなら今宵は呉服橋に戻らず、このまま札ノ辻に行っておまえんところの寄子になって、直接、事態を見とうなったぞ」

「大旦那さま。それはあっしが」

染谷が伝法な口調で言った。

「ふむ。頼もしい」

忠之は言い、屹《き》っと忠吾郎に目を向け、

「まえにも言うたように、鳥居清左衛門どのがさような悪政を知行地に敷くなど、およそ考えられんことじゃ。そこの代官の荒井甲之助じゃが、ちょいと手をまわし、調べてみた」

「ふむ」

忠吾郎はあぐら居のまま、上体を前にかたむけた。

忠之はつづけた。

「鳥居家の用人を代々つとめてきた、忠義の家臣じゃったそうな。鳥居家でも代々にわたって家臣の取締りは荒井に任せきりだったようだ。そこへ当代の清左衛門どのは無類の好人物で、用人の甲之助はひとくせある人物じゃという」

「なにやら、臭《にお》うて来ますなあ」

「さよう、臭う。したが、ここまで聞いて判断するのは、あくまで推測にすぎぬ。確証を得ようにも、相手は旗本家じゃ。おまえも知ってのとおり、支配違いというのはなかなか厳しいものでなあ。町奉行にゃ手も足も出んわい」

忠之は自嘲気味に語り、

「すでに代官の手の者が鎌田村の百姓を一人殺害したというが、高輪大木戸の向こうじゃ。郡代か火盗改《かとうあらた》メに出張《でば》ってもらう以外にない。じゃが、それを江戸府内の町場でやられたなら、儂の管掌となる。したが探索の結果、科人《とがにん》が旗本家の者となれば……のう」

「悔《くや》しさと、虚《むな》しさのみが残ります」

染谷結之助が口を入れた。

忠之は染谷の言葉にうなずきを入れ、さらにつづけた。

「いま鎌田村の百姓代と子供を二人、おまえの人宿でかくもうているというのは重畳《ちょうじょう》。しかし、悪の元を絶たねば、その者らが江戸府内を平穏に歩くことができぬ。したが、相手は旗本家じゃ」

「あはははは、兄者。はっきり言いなせえ。代わりに、わしに手をつけろ、と。もうつけていやすぜ。それも、最初の一手を打ったのが仁左だったとは。おかげでわしも、もうあとには退けねえほど係り合うてしまいやしたわい」

「ありがたいぞ、忠次《ただつぐ》。ただし、元凶が判っても、番町の武家屋敷であったり、府外の鎌田村だったのでは、やはり奉行所は手が出せぬ」

「あはは。だから、その始末も相州屋がつけろ、と。それも、秘かに……でやしょう」

「そういうことになる。江戸の町で武士が百姓を殺すなど、許せぬからのう」

「あっはっは、兄者。きょうはまあ、いっぺえ笑わせてくれやすぜ。まえにも兄者は言いなすった。現在《いま》はいかに閑職《かんしょく》であろうと、由緒ある将軍家の御使番の家柄に瑕《きず》がついちゃならねえ、だからおもてには出せねえ、と」

となりが空き部屋で、仲居も寄りつかないから、いかなる話もできる。

忠之は苦笑し、

「うむ。さようなこと、言うたような言わなかったような……。まあ、そういうことじゃ」

「兄者。わしはもう手をつけてしもうておりやすが、これはなにも兄者の代わりでも奉行所のためでもなく、まして将軍家の名誉を保つためでもありやせんぜ。百姓代の吾助もガキの甚太と伴太も、いま相州屋《うち》の寄子になり、放り出しゃ命が危ねえからでござんすぜ。あの三人の寄子が安心しておもての街道を歩けるようにしてやるにゃ、元凶を絶つ以外《いげえ》にねえですからねえ。かりにその元凶が、兄者のいいなさる好人物であろうと、ひとくせある用人だったとしても、始末はつけさせてもらいやすぜ」

「わかっておる。だからきょうも、染谷を同座させておる」

忠之は視線を忠吾郎から染谷に向け、

「きょうも染谷、おまえはこのまま相州屋に行き、場合によっちゃ数日、そのまま相州屋の寄子になってくれ」

「へえ、さように。よろしゅうお願《ねげ》えいたしやす、忠吾郎旦那」

染谷は伝法な口調で返し、視線を忠吾郎に向け頭をぴょこりと下げた。

忠吾郎は受け、

「あはは。わしはもとよりそのつもりだ。まえにも言うたが、頼りにしてるぜ。きょうこの場に仁左も来ておれば、もっとよかったのだがなあ」

「そうそう。その仁左だが、きょうは大事な得意先に行ったとか？」

仁左の話が出ると、忠之は即座に反応し、

「まあ、あの者がいう大事な得意先とは、つまり、あそこじゃろ。目付の青山欽之庄どのも、隠れ徒目付の話はまったくせぬ。青山どのも実直な男ゆえなあ。もっとも儂も染谷たち隠密廻りの話は、支配違いの者には一切せぬが」

「あはは、お互いさまといったところじゃございせんかい」

忠吾郎は返し、

「で、目付はもろに旗本支配だ。どう動こうとしているかくらいは、つかんでいなさろう」

「だから言うたろう。青山め、なにも言いよらん。だが、想像はつく」

「どのように」

「おそらく、儂とおなじじゃ」

「つまり、将軍家に瑕《きず》をつけねえためには、三河《みかわ》以来由緒ある御使番の家系にも瑕をつけちゃならねえ。だから、瑕疵《かし》があれば闇で始末をつけろ、と」

と、忠吾郎が明確に言ったのへ、忠之は苦笑いもせず真剣な表情で、

「現在《いま》ある、この世の仕組を護《まも》るためには、それも必要じゃ」

「ふふふ。それじゃまるで臭い物にゃ蓋《ふた》、一時を糊塗《こと》するだけじゃございませんかい。やがて、あちこちに繕《つくろ》いも追っつかねえほど、ほころびが出て来やすぜ」

「言うな、忠次。儂の役務を心得よ。それ以上言うと、お縄を打つぞ」

「あはは、それはご勘弁願《ねげ》えてえ。世のためにも」

「まあ、そうなるなあ」

忠之は返し、話は一段落ついた。

染谷はほとんど黙したまま、奉行とその舎弟のやりとりを聞いていた。もとより奉行所の同心であれば、ご政道に関わる話に口出しなどしない。ただ、

(仁左どんならこんなとき、なんと言うだろうか)

それを知りたい思いになっていた。

「それじゃ、よろしゅうな」

忠之が一人でさきに帰り、いつものようにいくらか間を置いてから忠吾郎が浜久の玄関を出た。部屋の中で話したとおり、染谷は忠吾郎と一緒だった。

陽は西の空にかたむきはじめていた。

鉄の長煙管を帯に差した忠吾郎と、脇差を帯びた遊び人姿の染谷が肩をならべて街道に歩を踏めば、まるで任侠《にんきょう》の親分子分が縄張の地まわりでもしているよ

うに見える。

二人は話しながら歩を進めている。

「仁左どんや玄八たち、もう帰《けえ》っていやしょうかねえ」

「みんな、陽のあるうちに帰って来るだろう。わしらもそうだが、きょうはいい話が聞けそうだ」

「そのようで」

街道のながれに乗っているときは、他人《ひと》に聞かれてもあたり障りのない話しかしない。

二人の足が芝《しば》を過ぎ田町一丁目に入ったとき、

「おっ、あれは」

「ふむ」

と、忠吾郎と染谷は同時に歩を止めた。

枝道に、カシャカシャと羅宇竹の音が聞こえたのだ。

すぐだった。

「おぉお。これは、いまお帰りですかい。染どんも一緒で?」

と、仁左も気づき、街道に出て来た。

お城の目付部屋を出たあと、ふたたび衣装をあらため、道具箱を背負って羅宇屋に戻り、相州屋の近場をながしていたのだ。

三人は人通りの多い街道の脇で立ち話のかたちになった。

忠吾郎は言った。

「もう、大事《でえじ》なお得意への商いは終わったのかい」

「へえ、おかげさまで。いい商いをさせてもらいやした」

「それはよかったじゃねえか。こっちもいい話ができてなあ」

仁左とのやりとりである。互いにこの言葉のなかに、町奉行所とお城の目付の方針が一致していることを確認しあったようだ。

横合いから染谷が、

「仁左どん、いま帰りなさるところかい」

「ああ、そのつもりで街道に出ると、ちょうどおめえさまがたが見えてよ」

「そりゃあちょうどいい。あとは帰《けえ》ってから話そうかい」

忠吾郎が応え、

「さあ、それじゃあ」

染谷が言い、三人はふたたび街道に歩を進めた。カシャカシャと鳴る音のなかに、いずれの足も軽やかだった。

街道はそろそろ一日の終わりに向け、人の動きが慌ただしくなりはじめてい

四丁目の札ノ辻は、すぐそこである。

羅宇竹の音が聞こえたか、お沙世が茶店から飛び出し、

「あらら」

通りかかった大八車をうまく避け、

「まあ、三人そろって。ちょうどよかった」

「なにがだい」

仁左が返し、

「いまさっき、玄八さんと宇平さんが帰って来て、吾助さんたちもずっとお長屋におとなしく」

玄八たちは、手甲脚絆の男をうまく撒いたようだ。

（しっ）

と、染谷がかすかに口に指をあてる仕草をした。お沙世が〝吾助〟の名を口にしたからである。

「あっ」

と、お沙世は気づいたか、まわりに視線を投げた。怪しげな武士の姿は、この田町四丁目界隈にもなかった。

そのあとすぐお沙世は、

「わたしも話が。お爺ちゃん、お婆ちゃん。また縁台のほう、お願い」

言うと前掛をはずし、羅宇竹の音を追うように寄子宿の路地に駈けこんだ。

「やれ、やれ」

暖簾の奥からおウメが出て来た。これから慌ただしくなる街道で、縁台に座ってゆっくり茶を飲む客はあまりいない。

四

陽がかたむこうとしている。

裏庭に面した母屋の居間に、きのうとおなじ顔ぶれが集まった。甚太と伴太も部屋の隅に畏《かしこ》まり、端座している。通いの女中たちがまだいたので、お沙世をはじめお仙やお絹も台所に入らなくてすんだ。

吾助の表情は緊張気味である。玄八と宇平はお沙世の言葉どおり、さっき帰ったばかりで、鎌田村の首尾はまだ話していないようだ。それがいっそう、部屋に張りつめたものをもたらしている。

忠吾郎が中心だが、そこに上座も下座もない。一同がそれぞれに座っている。外はまだ明るいが、障子が朱色を帯びはじめている。

「おぉうおう。こうも毎日みてえにこの部屋がにぎわうのも珍しいぜ。ちょいと狭くなるなあ、あはは」

忠吾郎が、一同の気をやわらげるように言った。実際、忠吾郎に仁左、染谷に玄八、さらにお沙世にお仙、お絹、宇平、吾助、隅とはいえ甚太と伴太の十一人となれば、まるで老若男女《ろうにゃくなんにょ》の寄合《よりあい》のようである。

だが、議題は深刻である。吾助は命を狙われ、甚太と伴太にも追っ手はかかっていよう。しかも村では、打毀しか逃散が起こるかもしれないのである。

仁左が、

「そう、なんとも稀《まれ》なことで」

応じたが、座がやわらぐことはなかった。

そのなかに吾助が、

「さんざんお世話になり、命まで救っていただきながら、催促いたしやすのは申しわけねえのでございやすが」

と、真剣な表情で言い、まだ老けづくりのままの玄八と宇平に目を向けた。その吾助は、忠吾郎と染谷、それに仁左がそれぞれ、どこで誰といかに大事な話をしてきたかを知らない。

玄八が、

「行って来やした、名主さんの家へ。それも、名主さんと直接話ができやして……、名主さんは驚きなすって……」

と、役務を果たしたことを語り、座に安堵の色が見られた。

だが、玄八は深刻な表情になり、鎌田村を出たときから尾行者のあったことを話そうとしたところへ、障子の外に人の気配がし、

「長屋に誰もいないと思ったら、草履《ぞうり》やわらじがこっちにいっぱいで」

「玄八さんの御膳籠、見させてもらったけど、いいかね」

おクマとおトラが言いながら縁側に這《は》い上がり、障子を開けた。二人とも田町九丁目の茶店で会ってから、玄八の御膳籠の中が気になっていたようだ。

「おう、いいともよ。残り物、全部かたづけてくんねえ。あしたまで持ちこせね

えからよ」

玄八は寄合の座から声を投げ、おクマとおトラがこの座にいる人数分、そばを湯がくことになった。惣菜もそろっている。

「すまないねえ。甚太と伴太、手伝いな」

「へえ」

と、おクマに言われ、甚太と伴太が玄八の御膳籠を長屋の部屋から母屋の台所に運ぶため座を立ったあと、居間に入って来たおクマとおトラは、一同に重大な証言をした。

玄八と宇平が籠脱けをしたあと、手甲脚絆の男は撒かれたことに気づいたか、茶店で親しく話していた婆さん二人を近辺でさがした。この男も、なかなかのものである。

二人は蠟燭の流れ買いと付木売りをしているのだから、すぐに見つかった。そのときのようすをおクマとおトラは、

「玄八さんと宇平さんの知り人かね。どっちに用があるのか知らないけど、おまえさんたちのねぐらを訊くものだから……」

「あたしらとおなじさね、と言ってやったさ。それでここを教えてやって。その

人、訪ねて来なかったかね」

語ると、

「さあ、甚太と伴太に、そばの茹《ゆ》で方を仕込んでやろうかねえ」

「あたしらにゃ孫みたいなもんだから」

と、そろって台所に入った。

玄八は宇平と顔を見合わせ、あらためて鎌田村から尾行がつき、それを田町九丁目の茶店で籠脱けするまでを語った。

座にはふたたび緊張の糸が張られた。

染谷が隠密廻り同心の勘か、お沙世に視線を向け、

「さっきお沙世さん、〝わたしも話が〟と言ってなさったが。まさか、それ」

忠吾郎と仁左も気になったか、お沙世に視線を向けた。

お沙世は困惑と緊張を織り交ぜた表情で語りはじめた。

「そう、そうなんです。きっと、それ。玄八さんと宇平さんが帰って来てすぐでした。馬子でも駕籠舁きでもない、手ぶらのお客さんが一人、注文はお茶だけでした。相州屋さんていう人宿、そこのようだが、年寄りの麺売りと古着買いをやってる人はいなさるかいと訊くものですから、玄八さんと宇平さんのことだと思

い、さっき帰って来たばかりだと話し、そこの路地を入ったところが寄子宿だから行きなさったらと言うと、その人、いや、いいんだ、とすぐ立って大木戸方向へ。そのまたすぐあとでした、忠吾郎旦那が仁左さん、染谷さんと一緒に帰って来られたのは」

「その手ぶらの男、旅姿ではないが手甲をはめ、脚絆を巻いていなかったかい」

すかさず玄八が問いを入れ、お沙世はさらに困惑したように、

「そう、そういえば、そうでした。わたし……余計なことを」

「いや、そうじゃねえ。それが確認できただけでも大手柄だ」

忠吾郎がなぐさめるように言った。確認できたという〝それ〟とは、鎌田村代官所の手の者が、人宿相州屋の存在を確認したことである。

手甲脚絆の男が、相州屋に手負いの者が担ぎこまれなかったかどうかをお沙世に確かめなかったのは、そこまで思いが至らなかったか、それとも多くを訊きすぎてみょうに思われるのを警戒したかのどちらかであろう。いずれにせよ、あしたにも鎌田村の代官所は本格的に相州屋へ探りを入れて来るだろう。

おクマとおトラ、甚太と伴太の老若四人はまだ台所である。座の一同はおクマとおトラに、男が手甲脚絆を着けていたかどうかは質《ただ》さないことにした。質せば

おクマとおトラは気にし、甚太と伴太はさらに怯えるだろう。

そばが茹で上がったようだ。老若四人は人数分だけ居間に運ぶとおクマが、

「ここは狭苦しいから、あたしらは向こうでいただくよ」

と、台所に引き揚げた。残りの惣菜を四人でかたづける算段かもしれない。

居間はそのほうが話しやすかった。

部屋にはすでに行灯の灯りが入り、碗《わん》から立つ白い湯気が、張りつめた空気をいくらかやわらげた。

熱いそばを手繰《たぐ》りながら、忠吾郎が言った。

「吾助どん、おめえはここから一歩も出ちゃならねえ。直訴状はまだ手許に置いておきねえ。甚太と伴太も、どこへも出しちゃならねえ。仁左どんはすぐつなぎが取れるように近くをながし、染谷どんは長屋《ここ》にとどまっていてもらいてえ。玄八どんと宇平どんは、札ノ辻の近辺で屋台と竹馬の古着売りを商《や》ってくれ」

四人はうなずいた。

相州屋の存在を突きとめられた以上、吾助と甚太、伴太を護るため、仁左と染谷は中心の戦力であり、玄八の屋台と宇平の竹馬がその出丸となる。

忠吾郎の視線はお仙とお絹に向けられた。二人は端座の姿勢で碗と箸《はし》を手にし

ており、そのまま身構えた。

忠吾郎は言った。

「二人には大事《でえじ》な物見《ものみ》の役をやってもらいてえ。懲《こ》らしめる相手は誰かを明確にするためだ」

「番町の鳥居屋敷に、腰元として入るのですね。こたびは、わたくしとお絹さんとで」

言ったのはお仙だった。

将軍家の旗奉行で六百石取りの旗本・土谷左主水《つちやさもんど》の屋敷で、次郎左《じろうざ》なる次男が長子の左一郎《さいちろう》に悪行の濡れ衣を着せて廃嫡《はいちゃく》させ、自分が家督を継ごうとした事件があった。このとき本所松坂町《ほんじょまつざか》の土谷邸にお絹が腰元になり、宇平が飯炊きの下男となって入りこみ、内より悪行の黒幕を探索したものである。

こたびはお仙とお絹の二人を腰元として鳥居屋敷に……と、忠吾郎は算段しているのだ。

「やってくれるか」

「もちろんですとも」

忠吾郎にお絹は返し、お仙は、

「こたび、宇平はいかように」

「ふたたび下男としてのう。段取をつけるため、あした正之助を番町の鳥居屋敷へ口入れの商いに出す。三人ともまとまればいいのだが、二人、いや、一人でも行ってもらいたい。狐の立て札の元凶は誰なのか、それをはっきりさせにゃ、策をまえに進めることはできねえ」

「承知いたしました。三人ともまとまることを期待しております」

お仙が言ったのへ、お沙世が碗と箸を手にしたまま、

「ちょいと、ちょいと、旦那さま。わたしの仕事がないじゃないですか。わたしだって武家の内部は知っておりますよ」

「あはは、お沙世。おまえは手甲脚絆の男の顔を慥《しか》と見ており、しかも向こうから目をつけられているわけでもねえ。常時、正面切って見張り番ができるのはおまえしかおらん。めえにも言うたろう。この札ノ辻が、鎌田村と番町の中継地となる。おまえの役務はことのほか重いぞ」

「そのとおりだぜ。お沙世さんがおもてに陣取り、イザというとき路地に駈けこんでくれる。これほど俺たちにとって心強《こころづ》えことはねえ」

仁左が真剣な顔で言ったのへ、染谷も玄八も肯是《こうぜ》のうなずきを見せた。

「そぉお？」

お沙世はここでもひとまず得心したようだ。

実際に鎌田村の代官所が相州屋の存在を知ったいま、札ノ辻は鎌田村と番町の中継地どころか、攻防の主戦場になるかもしれないのだ。そうなった場合のお沙世の存在は、いよいよ重要性を増して来るだろう。

五

昨夜、

「――おかげで背中が軽うなりやした。あしたは屋台を担いで来まさあ」

と、玄八がカラになった御膳籠を背に帰ったのは、かなり遅くなってからだった。代わりに忠之が浜久で言ったとおり、染谷が寄子宿に泊まった。相州屋では遊び人が寄子になっても、なぜか違和感がない。

朝の井戸端でおクマとおトラが、甚太と伴太に釣瓶《つるべ》で水を汲ませ、染谷には、

「あんたもふらふらした人生なんかから早《はよ》う足を洗い、まっとうに生きなきゃあねえ」

「そう、忠吾郎旦那に頼みゃあ、きっといい奉公口、世話してくれるよ」

と、白い息を吐いていた。

朝の一段落が終わると、仁左は札ノ辻から離れないように羅宇竹の音をながし、宇平は札ノ辻でお沙世の茶店のすぐ近くに古着の竹馬を据え、そこへ玄八も来てそば屋の屋台を置いた。

三人とも往来人に顔をさらすことになる。この三人は鎌田村に入っており、代官所の手の者にも顔を知られている。

(さあ、おいでなせえ)

と、防御と同時に、代官所への挑発でもあった。

束《たば》ねはお沙世である。そばの屋台も古着の竹馬もお沙世の茶店から見える範囲であり、羅宇竹の音も常にお沙世の耳に入っている。異変があればお沙世がさりげなく向かいの相州屋の玄関に声をかける手筈になっている。

おクマとおトラは、

「あたしらもきょうは近場にしようかねえ」

と、仁左たちに便乗するように街道を田町一、二丁目のほうへ足を向けた。

そのおクマとおトラが出かけてからすぐだった。

「それじゃ旦那さま、行って参ります」

正之助が札ノ辻で街道から分岐している往還に歩を進めた。市ケ谷御門内の番町の鳥居屋敷に向かったのだ。口入れの営業である。

人宿や口入屋が、武家屋敷や商家へ営業にまわるのは珍しいことではない。商家では一日切《いちにちぎ》りや三日切りといった、日切《ひぎ》りの人手を求めることがよくある。武家屋敷でも冠婚葬祭などで体面を保つ必要がある場合、人宿や口入屋をとおして日切りの腰元や中間《ちゅうげん》を雇うことが少なくない。

鳥居屋敷ではここ一、二年、知行地の鎌田村代官所に人数を割く必要が出来《しゅったい》しているはずだから、

「――屋敷では足軽も中間も腰元も、人手不足に陥《おちい》っているはず」

きのう、忠吾郎は言っていた。

正之助は忠吾郎が人宿の暖簾を張るとき、他の口入屋で修業を積んできた熟《じゅく》達《たっ》の番頭であり、忠吾郎とともに十年、相州屋が他の人宿や口入屋とはひと味もふた味も異なることを解し、営業にもそのときどきのお家の事情を考慮し、うまく話をまとめて来た。

忠吾郎が世のため人のためとひと肌もふた肌も脱ぎ、そこに北町奉行の榊原忠

之が一枚も二枚もかみ、そこに仁左や染谷、玄八らが奔走できるのも、根っからの口入れ商人ともいうべき正之助のおかげかもしれない。

その正之助が市ケ谷御門に向かっているころ、忠吾郎はお仙とお絹を母屋の居間に呼んでいた。

お絹はすでに本所の土谷邸に入った実績がある。もちろん土谷邸に営業をかけ、話をまとめたのは正之助だった。邸内のお絹と相州屋とのつなぎ役は、町娘のお沙世だった。

そのときお仙を屋敷に入れなかったのは、宇平が一緒に下男として入ることになったからだった。宇平はお仙の実家・石丸《いしまる》家の忠実な老僕だった。いまもなおお仙から離れず、忠実な老僕でありつづけている。

そうであれば、お仙まで土谷邸に入ったのでは、宇平のお仙に対する挙措《きょそ》から周囲に奇妙に思われ、口入屋から来たただの腰元ではなく、潜入者であることが露顕するかもしれない。

だがいまなら宇平も相州屋のありようを解し、すでに仁左らと奔走もし、こたびの件では玄八と一緒に鎌田村にも入っている。役務を解し、へまはしないだろう。忠吾郎がとくにお仙とお絹を呼んだのは、そこを徹底しておくためだった。

それだけではない。

お仙が言った。

「宇平も一緒なのですね。大丈夫、あすからでも入りとうございます」

「まあ、お仙さん。気の早いこと」

お絹が言い、忠吾郎も、

「こういうことはな、急《せ》いては仕損じる。きのうの話からもわかるように、この札ノ辻が戦《いく》さ場《ば》になるかもしれぬ。おもての戦いは仁左らに任せ、そなたら二人はこの札ノ辻で、断じて〝敵〟に顔を見られてはならぬ。奉公が決まるまで、吾助たちと同様、長屋の中に逼塞《ひっそく》し、気晴らしにと街道へ出てもならぬ。お仙どのには泊まりがけで品川まで行ってもろうたが、さいわい代官所の手の者と対峙《たいじ》することはなかった。だから面は割れていないとみてよかろう」

「はい。おそらく」

お仙は返し、

「わたくしたちが鳥居屋敷に潜入するのに、鳥居家につながる者に相州屋《こ》で顔を見られてまずいのはわかります。したが、奉公はいつからでございます」

「あはは、お仙どのはやはり性急だのう。きょう正之助が商いに出向いたばかりだ。いつからどころか、三人とも決まるか、一人も決まらぬかも知れぬ。したが正之助のことだ。かならず一人二人は決まる。重ねて言うが、それまでに仁左や染谷、玄八らがたとえ長屋の軒先で戦おうとも、そなたら二人は部屋から一歩も出てはならぬ。お仙どのは武家の者と白刃を交えても引けは取らぬゆえなあ、ついその気になって飛び出してもらっちゃ困るぜ」

伝法な口調になったところで、

「承知」

お仙は返し、

「宇平はどうします。問題ないと思いますが、すでに鎌田村にも入り、顔を知られているはずですが」

「あ、そのとおりです」

お絹も疑問を呈した。

忠吾郎はまた武士言葉に戻った。

「そこだ、肝心なところは」

「えっ」

「どこです」

お仙とお絹は忠吾郎を凝視し、忠吾郎はその視線に応えた。

「いまも宇平は街道に古着を盛った竹馬を出し、顔をさらしている。鎌田村の代官所は、かならず札ノ辻へ探りを入れに来る。すでに来ているやも知れぬ。その者は竹馬の古着売りに気づくはずだ。宇平が鎌田村に入ったのも古着買いで、似たような商いだったしなあ」

「その宇平さんを鳥居屋敷に入れるなど、無謀ではありませぬか」

「宇平を危険にさらすようなもの。やはり、賛成しかねます」

お絹が言い、お仙がつないだ。ともに非難の口調だった。

だが忠吾郎は言った。

「そこなんだ、肝心なところは」

「えっ」

「いかに」

お仙とお絹はなおも忠吾郎を凝視している。

忠吾郎はつづけた。

「その宇平が鳥居屋敷に入り、屋敷内で探られて困る者がいたとすれば、それらの目は宇平に向く。それだけそなたらは安泰となり、じゅうぶんに探りを入れられるようになると思わぬか」

二人は得心した表情になったが、

「なれど」

やはりお仙は心配をぬぐい切れない。

忠吾郎は言った。

「あはは。探られて困る者は、宇平を警戒しても危害を加えることはあるまい。現に宇平も仁左、玄八も、鎌田村で追い立てられもせず、無事に戻って来たではないか。探られて困る者どもは、宇平らを公儀隠密かもしれぬと疑《うたご》うたからだ。もしご公儀の者に危害を加えれば、それこそみずからの悪行を白状するようなものになるからなあ」

ふたたびお仙とお絹は得心した表情になった。

忠吾郎はつづけた。

「だからだ、そなたら二人が相州屋の寄子でいることを、向こうに知られてはならぬのだ。そなたらに暫時よそに移ってもらい、そこから奉公に上がれば完璧《かんぺき》となろうが、そんな悠長なことは言っておれぬ。鎌田村じゃ、きょうあすにも打毀しか逃散が起きそうな状況になっておるらしいからなあ。事態は吾助が心配しているように、切羽詰《せっぱ》まっておるのだ。わしも内心、焦っておる」

忠吾郎は大きく息を吸い、ふたたび伝法な口調に変わった。

「もっとも、向こうさんの注意を宇平どんに向けさせるなんざ、おまえさんがたと宇平どんの奉公が同時に決まった場合のことだ。それにどんな組合わせになるかもわからんが、正之助のことだ。鳥居屋敷から仕事を取って来ることは間違《まちげ》えあるめえ」

言うと忠吾郎は鉄の長煙管に、ゆっくりと煙草をつめた。自分を落ち着かせるためのようだ。寄子を、敵地かも知れないところへ送りこむのだ。

お仙とお絹は、いっそうの緊張を表情に刷《は》いていた。


忠吾郎のお仙とお絹への話が一段落ついたころ、正之助は鳥居屋敷の門を叩いていた。禄高千二百石で御使番の拝領屋敷ともなれば、表門に裏門もそなえ、さらに奉公人の出入りする門もあれば、奉公人の起居するお長屋も足軽、中間の表門長屋に、若党や家族持ちの住まう中長屋もある。

正之助が叩いたのは、出入りの商人とおなじく裏門である。門番が鎌田村代官の荒井甲之助の息がかかった者であるかどうかはわからないが、人宿の機能を持った口入屋ということで、すぐ母屋に取り次いでくれた。

だが、初めての屋敷で訪問の約束もしていない場合、門番詰所でけっこう待たされ、その揚句あすまた来いということもある。武家を相手の商人は、そこで腹を立てたのでは商いにならない。

正之助も、

(旦那さまはああおっしゃるが、ここは気長に腰を据えよう。門番のお中間に厠《かわや》の場所でも訊いておこうか)

などと思いながら、門脇の門番詰所に腰を据えた。

ところが驚くほど早く、門番が走り戻って来て母屋のほうへ通された。しかも正面玄関脇の一室にいざなわれたのには恐縮した。出入りの商人や他家の奉公人などが、表向きの用で屋敷の用人や女中頭と面談する部屋である。

しかも部屋には待つほどもなく、筆頭用人と女中頭《じよちゆうがしら》がそろって出て来たのには面喰らった。筆頭用人は林平兵衛《はやしへいべえ》といい、気のよさそうな五十路《いそじ》ほどの人物だった。女中頭も五十路に近いか、武家屋敷の役付き女中にありがちな、険《けん》のある顔立ちではなく、ふくよかな面立《おもだ》ちの女性《によしよう》である。名を嬉野《うれしの》といった。

はたして忠吾郎の目算は当たっていた。

屋敷では若党も中間も腰元も、数が足りていないようだ。だからといって、初めての口入屋から無分別に人を雇い入れるようなことはない。

気のよさそうな用人とふくよかな女中頭といえど、正之助の語った札ノ辻の人宿・相州屋について、まるで値踏みをするようにさまざま問いを入れて来た。問う平兵衛は、

「いやいや、疑《うたご》うておるのではない。なにぶん、知行地から送られてくる中間も腰元も、困った者が多くてのう。これまで出入りの口入屋も、どうもみょうなのばかり斡旋して来おって」

「そこでさきほど門番から、聞きなれぬ人宿の者が参ったと報告があり、場所を訊けば東海道筋の田町のほうとか。かなり遠方ゆえ、かえっていいのではないかと林どのと急遽《きゅうきょ》話しあい、そなたをここへ招《しょう》じましたのじゃ」

女中頭の嬉野も言う。

相州屋の正之助は、なにを訊かれても問題はなく、武家屋敷への中間や腰元の口入れにもじゅうぶんな実績がある。

「ふむふむ」

「それはそれは」

と、平兵衛も嬉野も感心に似た相槌を打ちながら聞き、二人でなにやら低声で話しあうと、

「わかった。のちほど当家からそこもとへ遣《つか》いを出すゆえ、詳しゅうはそのときに。ともかくきょうはご苦労じゃった」

と、平兵衛が言い、話は終わった。

のちほど連絡するからとの言葉には、当面の厄介払《やっかいばら》いと、実際に考慮する場合の二種類がある。

（ふむ）

と、このとき正之助は林平兵衛からも嬉野からも、じゅうぶんな感触を得た。あとは鳥居屋敷からの遣いの者がいつ来るかである。正之助も、寄子の吾助たちがいま切羽詰まった状況にあることは解している。

「でき得ればお早めにお願いしとうございます。とくに腰元は、いかなるご大家に上がりましても恥ずかしゅうないのがそろうております」

「おお。それは頼もしいこと」

正之助が言ったのへ、嬉野から期待するような言葉が返り、平兵衛も目を細めていた。

六

正之助が、

(ふむ。これなら)

と、じゅうぶんな自信を持って鳥居屋敷をあとにし、

(使者のお人、あしたにも来ようか)

思ったのは希望的観測ではない。林平兵衛と嬉野の好意的な応対ぶりから、実際にそう感じたのだ。

正之助が気分的にも急ぎ足になり、札ノ辻に戻ったのは、陽が中天をすこし過ぎた時分になっていた。

「あら、番頭さん。首尾はいかがでした?」

「ああ、私の商いにソツはありませぬよ」

お沙世が声をかけて来たのへ、正之助は上機嫌で返した。

茶店のすぐそばで老けづくりの玄八がそば屋の屋台を置き、その横で宇平が古着の竹馬を据えている。仁左も音は聞こえないが、近くをながしているはずであ

る。なにごとも起こったようすはない。正之助も相州屋の一人として、ホッとした思いになった。

商舗《みせ》の暖簾を入ると、帳場に忠吾郎が座っていた。

「おおう、待っておったぞ。で、首尾はどうだった」

と、帳場格子にまで上体をせり出し、さきほどのお沙世とおなじことを訊く。相州屋はいまお沙世も含め、一丸となっているのだ。

「へえ、それが旦那さま」

言いながら正之助は板敷きに上がり、店場でじゅうぶんな感触があったことを話すと、忠吾郎は長屋から吾助と染谷、お仙、お絹を呼び、店番を小僧に任せ、座をいつもの居間に移した。店場に客があれば、居間へ小僧が呼びに来るだろう。吾助は痛ましいほど恐縮の態になっている。

寄子宿からの四人がそろったところで、正之助はあらためて鳥居屋敷での面談のようすを話した。

冒頭からお絹が、

「まあ、筆頭ご用人と女中頭さまがそろって出て来られたのですか」

と、驚きの声を上げた。

武家屋敷では筆頭用人が男の奉公人を束ね、女中頭が女の奉公人を仕切っており、あるじと奥方に代わってその家を切り盛りしている。新たな奉公人を入れるのへ、筆頭用人と女中頭がそろって出て来るなど、異例というほかない。

正之助は首尾のよさにいくらか興奮気味になり、林平兵衛と嬉野の人柄のよさそうなことも語った。人と接し値踏みをするのが商売の、口入屋の番頭が言うのだ。そこに間違いはあるまい。

聞き終わり、忠吾郎は、

「ふーむ」

と、腕を組み、

「おそらく知行地からの雇い入れも、府内での従来の口入屋をとおしての召し抱えも、すべて一方の用人である荒井甲之助に握られ、林平兵衛どのや嬉野どのには、不都合な事態が生じておるのかもしれぬ。こりゃあ鳥居屋敷は、内紛の最中かも知れぬぞ」

「ご用人の林さまと、代官の荒井さまが……」

と、吾助は戸惑った表情になった。内紛のとばっちりで鎌田村が悪政に陥ったのか、荒井甲之助の悪政が原因で内紛が生じているのか、それはわからない。

　ともかく鳥居屋敷の裏門で、たまたま正之助を取り次いだのが林派に属する者か、いずれにも属さない門番だったから、正之助は林平兵衛と嬉野の目見得《めみえ》（面接）を得たのかもしれない。忠吾郎や染谷は、早くも鳥居屋敷の内側を垣間見《かいまみ》た思いになった。

「やりがいがありまする」

「わたくしも」

　お仙が言ったのへお絹がつなぎ、

「これこれ、お二方《ふたかた》。まだ決まったわけではありませぬぞ」

　つい染谷が遊び人姿であるのを忘れ、隠密廻りの気分で言った。

「そういうことだ。感触としては、鳥居屋敷からなんらかの連絡があるのは、あしたあたりかなあ。ともかく、待とう」

「もう、皆々さまにはなんと感謝してよいやら」

　忠吾郎の言葉に、吾助はただ恐縮するばかりで、一日千秋の思いをいっそう募らせた。

　鳥居屋敷の動きは、その吾助までが驚くほど早かった。

その日のうちに来たのだ。

お沙世が、

「あら」

と、腰元二人と若党一人を供に、四枚肩《しまいがた》の女乗物が相州屋の玄関前に駕籠尻を着けたのへ小首をかしげた。

武家が口入屋へ出入りするのは珍しいことではない。だが、それが女乗物とは珍しい。というより、初めてかもしれない。

暖簾から正之助が飛び出て来た。

女乗物から降り立ったのは、なんと嬉野ではないか。

正之助は驚き、辞を低くして屋内に招じ入れ、腰元二人がつき随《したが》った。お沙世は気を利かせ、若党を暖簾の中に招き、駕籠舁きの中間四人には外の縁台で茶をふるまった。

屋内では忠吾郎も驚き、嬉野を奥の座敷にいざなった。用件は口入れの件であろうが、千二百石の屋敷の女中頭を板敷きの店場で応対するわけにはいかない。

陽はまだ西の空にようやくかたむきかけた時分である。ということは、鳥居屋敷は正之助が辞去すると同時に動いたことになる。

だが、いきなり女乗物を仕立てたのではないだろう。まず中間を一人、田町四丁目の札ノ辻に走らせ、相州屋なる人宿の存在を確かめ、しかるのちに女乗物が屋敷を出たのであろう。

いずれにせよ、迅速な動きである。やはり屋敷内に内紛があり、新たに奉公人を雇うにもいずれかより、

（横槍《よこやり》の入らぬうちに）

と、急ぐ必要があったのかもしれない。そうだとすれば、新たに腰元として入った者の役務は、いよいよ重大なものとなる。

座敷で忠吾郎と正之助は、腰元二人を随えた嬉野と対座した。正之助がさきほど会ったばかりの相手だから、座はそう堅苦しいものとはならなかった。

用件ははたして口入れの件だ。話しながら、ふくよかな嬉野は、忠吾郎の値踏みもしたであろう。恰幅がよく、威儀を正したときには威厳まで感じさせる忠吾郎を気に入ったようだ。背後にひかえる腰元二人もうなずいていた。

鳥居屋敷の当面の所望《しよもう》は、奥向き女中二人と中間二人だった。

相州屋には願ってもないことである。

「腰元ならお屋敷でも話しましたとおり、いま寄子宿におります」

正之助が言い、忠吾郎はすぐさまお仙とお絹を座敷に呼んだ。

お沙世は暖簾の中に招き入れた若党から、女乗物が鳥居家の女中頭の一行であることを聞き、

「お爺ちゃん、お婆ちゃん、またお願い」

と、寄子宿の路地に駈けこみ、話を聞いた染谷は驚き、お仙とお絹は、

（もしや母屋からお声がかりが）

と、急いで髷をととのえ薄化粧もしたところへ、女中が呼びに来たのだった。

二人はいそいそと母屋に出向いた。目見得《めみえ》である。

目見得は話があってから、ふさわしい者を口入屋のあるじか番頭が相手方の商舗か屋敷に連れて行って受けるものだ。逆である。鳥居屋敷にすれば、相州屋そのものを直接見て値踏みする必要があったとはいえ、女中頭が直々《じきじき》に出向いて来た。異例というほかない。

お仙とお絹は嬉野と向かい合うように、忠吾郎の横に座した。嬉野はその立居振る舞いを凝《じ》っと見ている。まさしく値踏みである。

二人の挙措は、いま嬉野の背後にひかえている腰元よりも腰元らしい。

それだけでも嬉野に否《いな》やはない。

「さっそくあすから屋敷に入ってもらいたいが、いかがか」

言ったときの嬉野の表情は晴れやかだった。背後にひかえる腰元二人も、頼もしそうにお仙とお絹を見つめていた。二人ともまだ若いが、お仙やお絹よりは歳を経ているようだ。

あとは中間二人である。

「しばし、ご猶予を」

忠吾郎は言った。

嬉野は承知した。きょうは思った以上の腰元二人を得ることになり、それだけでも満足そうだった。

七

嬉野を乗せた女乗物の一行が、相州屋の玄関前から発つのを、そば屋の玄八と竹馬の古着売りの宇平は目にしていた。

茶店でしばし休息していたお供の若党と駕籠舁きたちを見送ったお沙世が、玄八と宇平のほうへ駈け寄って、

「気になってたでしょう」

「ああ、さっきからずっと」

「ひょっとして……」

玄八と宇平が言ったのへ、

「そのひょっとなんですよ」

お沙世が言うと玄八が、

「よし、ちょうどいい。陽がかたむきかけていらあ。きょうの商いはこれくらいにして帰ろう。おっとそのめえに、仁左どんにも知らせなきゃならねえ。ちょっくらその辺を找《さが》してくらあ。近くにいるはずだから。宇平どん、さきに帰《けえ》っていてくんねえ」

「早くね」

お沙世の声を背に、玄八はその場を離れた。

街道から枝道へ、さらに脇道へと、そばの屋台を担いだまま找《さが》した。

枝道に歩を踏んでいるとき、羅宇竹の音が聞こえてきた。街道のほうからだ。

田町五丁目のあたりだった。四丁目の札ノ辻はすぐそこである。枝道から街道へ出たところで、

「おう、そば屋。ちょいと入れてくんねえ」

客がついた。仕事帰りであろう、威勢のよさそうな職人の二人連れだった。断わるわけにはいかない。断われば喧嘩になり、目立つだろう。

「へい、二人分。ありがとうございやす」

玄八は街道と枝道の角に屋台を下ろした。

そこへ羅宇竹の音が近づいた。

玄八はそばを茹《ゆ》でながら、仁左に声をかけようとした。

目と目が合った。

仁左は素早く、

（うしろ）

目で合図をし、羅宇竹の音とともに札ノ辻のある四丁目のほうへ遠ざかった。

玄八が話すまでもなく、仁左はいま帰るところだった。

そこで仁左は、

（尾けられている）

玄八に知らせたのだ。尾行者に、羅宇屋とそば屋がお仲間であることを覚られてはならない。そうでなければ、そば屋にまで尾行がつくことになるだろう。

「へい、もうすぐできやす」

玄八はそばを茹でながら職人二人に声をかけ、さりげなく人のながれに注意を向けた。尾行者を確認しようとしたのだ。それらしい素振りの者が一人、仁左に尾いていた。

「おう。うまかったぜ」

「いつもこの辺に出ているのかい。贔屓《ひいき》にするぜ」

職人二人は喰い終わり、屋台を離れた。

「ありがとうございやす。またご贔屓に」

玄八は客二人を見送ると、急いで火も湯も落とした。

(鳥居屋敷のお女中頭さん、いってえどんな話を)

わくわくする思いで屋台を担ぎ、帰途についた。

陽が落ちようとしている。

札ノ辻に戻ると、お沙世が茶店の雨戸を閉めているところだった。

玄八が声をかけた。

「なんでえ、まだここにいたのかい。さっき仁左どん、帰《けえ》ったろう」

「えっ、玄八さん一人？　わたし、お二人を待って、一緒におじゃましようと思ってていたのに」

お沙世は雨戸を閉める手を止め、返した。

明るいうちにと、人も荷馬も大八車も動きが慌ただしい。街道のいつもの光景である。

「えっ。仁左どん、とっくに帰《けえ》っているはずだが」

玄八は首をかしげながら、寄子宿の路地に入った。

母屋のいつもの居間には、染谷、吾助、お仙、お絹、宇平と正之助がそろっていた。そこへ玄八が加わり、

「仁左どんはどうしたい」

「ご一緒では？」

染谷が言ったのへ吾助がつづけ、待ちかねたように腰を浮かせた。染谷と宇平は、すでにお仙、お絹から女乗物の用向きを聞いている。

「いや、何者かに尾けられているようだったから、それを撒いているのだろう。なあに、すぐに帰《けえ》って来まさあ」

玄八は返した。

ほんとうにすぐだった。羅宇竹の音が裏庭から聞こえ、仁左がお沙世と一緒に

縁側から障子を開け、

「鳥居屋敷のお女中頭さんが、駕籠を仕立てて来なすったって!」

と、路地を抜けるあいだに、お沙世が仁左に嬉野の来たことを話したようだ。

染谷はむろん、仁左、玄八にとっても、それは驚くべきことだった。

全員がそろったところで、忠吾郎が座についた。

正之助がきょう一日の出来事をあらためて話した。

部屋に行灯の灯りが入った。

忠吾郎は、嬉野がかくも早く来たのは、鳥居屋敷に内紛があり、

「それも、のっぴきならねえ事態に陥っているからに違《ちげ》えねえ」

推測を語った。

一同は肯是《こうぜ》のうなずきを見せ、部屋には緊張がみなぎり、

「頼むぜ」

忠吾郎が言ったのへ、お仙とお絹は大きくうなずきを見せた。

さらに忠吾郎は仁左と玄八に視線を向け、

「さっき、尾けられたとか言っているのが聞こえたが、どういうことだい」

「そのことだ。聞きてえ」

染谷が玄八に目を向けた。

「いえ、あっしじゃありやせん」

玄八は言い、仁左が、

「あっしでさあ」

と、話しはじめた。

仁左は枝道をながしているときに、尾行が二人ついていることに気づいた。

「二人とも百姓姿で、笠をかぶり頬かぶりまでしていやした」

と、仁左は言う。明らかに、代官所の物見《ものみ》だ。

一人は仁左が麵売りの玄八と一緒に鎌田村に入ったとき、二人を代官所に連れて行った男で、もう一人は知らない顔だったという。

撒こうとしたが撒けず、街道に出たところで玄八のそば屋を見かけ、尾行がついていることを目で知らせて通り過ぎ、

「そのあと、枝道に入り路地を抜け、ようやく撒いて帰《けえ》って来たんでさあ」

「ふむ」

忠吾郎はうなずき、あとを玄八がつないだ。

「だからあっしは、仁左どんが通り過ぎたあと、人の通りに気を配っておりやし

た。どうもおかしいぜ。あっしが気づいたのは一人でさあ。鎌田村であっしらに声をかけてきた男はいませんでしたぜ。いま仁左どんから、そやつらが百姓姿で笠をかぶり頬かぶりまでしていたと聞き、はっきり言えまさあ。そんな野郎は、一人しか通りやせんでしたぜ」

染谷が言った。

「もう一人は、そば屋のおめえに気づき、おめえのほうに尾いた。麺売りとそば屋なら、ぴったりつながらあ。帰《けえ》るとき、おめえは先を急ぎ、うしろに気がまわらなかった……。こう考えりゃ、仁左どんが気づいたのは二人で、おめえが見たのが一人ってのも辻褄《つじつま》が合うぜ」

「う、うう」

玄八は返す言葉がなかった。

いきなり吾助が、

「そやつら、代官所の者どもに間違《まちげ》えありやせん。わしが見ればわかりやす。申しわけ、申しわけねえことでございやすっ」

言うなり、またひたいを畳にこすりつけた。

「顔を上げねえ」

忠吾郎は言うと、座をまとめるように、

「おそらく、鎌田村の代官所は、村にしきりと探りを入れているのは相州屋《ここ》だとすでに目串《めぐし》を刺していようよ。おクマとおトラが道端で訊かれた例もあらあ。きょう代官所の者が二人、仁左どんを尾け、玄八どんにも気づいたかもしれねえってのは、時間的に女乗物が相州屋の玄関前に停まっているあいだのことだ」

「ということは、やつら、女乗物には気づいていねえ、と」

玄八が勢いづいた声で言った。

忠吾郎は返した。

「そうよ。あしたからは一日中、代官所の目が相州屋《ここ》に張りつき、早晩、吾助どんと甚太、伴太の三人が相州屋の寄子宿《うち》にいるってえことにも気づこうよ。これは誰が喋《しゃべ》ったからでも尾けられたからでもねえ。自然の成り行きよ」

言うと忠五郎は口調を変えた。

「あす朝、早いうちにお仙さんとお絹さんには、鳥居屋敷に向かってもらう」

「もとより」

「承知」

お仙とお絹は返し、忠吾郎はつづけた。

「もちろん、正之助と一緒にだ。いいね、番頭さん。おまえも道案内役で鳥居屋敷に出向いて、嬉野どのか林平兵衛さまに会い、中間はいましばらくご猶予いただき、飯炊きを一人、と持ちかけるのだ。うまくいけば、日を違《たが》えて宇平も鳥居屋敷に送りこむことができる」

「わし、お仙さまの行きなさるところなら、どこへでも」

「宇平どん、それを鳥居屋敷でおもてにしたんじゃ、おまえさんだけじゃねえ。お仙さんまで、仕事ができなくなっちまうぜ」

「へえ、わかっておりやす」

やはり宇平は、鳥居屋敷になんのために入るかを心得ていた。

「さあ、当面は探りをいれながら男どもはこの札ノ辻で防御だ。お沙世、街道での物見、頼むぞ」

「はいな」

お沙世は返し、忠吾郎は締めくくった。

「探りの次第によっちゃ、こっちから仕掛けることになるぞ」

「承知」

「もとより」

染谷が返し、仁左がつないだ。

部屋にはいっそうの緊張がみなぎった。

吾助が言った。

「その、そのときの先鋒は、わし、わしが、甚太と伴太を引き連れて」

「早まるねえ。ものごとはじっくり腰を据えてかからなきゃならねえ」

忠吾郎は返し、仁左と染谷はうなずいていた。

四　夜討ち

一

日の出だ。

「さあ。甚太、伴太」

「あさだよー、起きてるー」

甚太と伴太の部屋の前で、桶と手拭を手に白い息を吐いたのは、おクマとおトラである。孫のような新入りを得て、

「――お江戸暮らしの厳しさを教えてやらなきゃあ」

と、婆さん二人は張り切っている。

「もおぉ、起きてるけどー」

「すぐ、行くよー」

中から甚太と伴太の、まだ眠そうな声が聞こえた。

背後から腰高障子の開く音がして、

「お早うございます。きょうは、さきに井戸を使わしてもらいました」

声をかけたのはお絹だった。

おクマとおトラはふり返り、

「あれえ、その姿」

「もうお出かけ？」

同時に声を上げた。

お絹は髷も衣装もきちりと整えている。

「お絹さん、お待たせ」

と、お絹のとなりの部屋からお仙が出て来た。おなじく、身なりはきちりとしている。

それだけではない。仁左のとなりの部屋から宇平が出て来た。宇平もよそ行きではないが、いつもの仕事に出る身支度になっている。

そこへ街道からの路地に下駄の音が聞こえ、

「さっき旦那さまにも話しました。おもては大丈夫」

長屋の前まで下駄の音を響かせ、言ったのはお沙世だった。

「さあ」

お沙世が急《せ》かすように言うと、

「それでは」

「お世話になりますねえ」

と、お仙とお絹はお沙世につづき、おもてに出た。

宇平もあとにつづいた。

「えぇえ、えぇえ?」

「どう、どうなってるの?」

おクマとおトラは手拭と桶を持ったまま頓狂《とんきょう》な声を上げ、長屋の部屋の前で棒立ちになった。

街道おもての相州屋の玄関前には、昨夜は母屋に泊まった番頭の正之助がこれも身なりを整え、お仙とお絹を待っていた。なんと忠吾郎が早くも向かいの茶店の縁台に座り、白い息よりも鉄の長煙管で煙草をくゆらせていた。お沙世が暖簾を出すよりも早く、縁台を出したようだ。

街道にそそぎ始めたばかりの陽光を受け、これから旅に出るのか旅姿の者やその見送り人、魚屋や納豆売りなどの朝の棒手振《ぼてふり》がちらほらと出ている。お沙世が確認したとおり、それらの動きのなかに不審な姿はない。

街道に出た宇平が正之助に、

「よろしゅう、よろしゅうお願いしますじゃ」

二度つづけて言ったのは、お仙たちのことと、それに自分の鳥居屋敷への口入れの願いであろう。きょうの宇平は、忠吾郎とお沙世とともに見送りである。

吾助は忠吾郎から、お仙とお絹が発《た》つとき、部屋から一歩も出てはならぬ、ときつく言われている。その二人の動きが、鎌田村と係《かか》り合《あ》っていることを、おクマとおトラに気づかれないためである。吾助は腰高障子をかすかに開け、出立《しゅったつ》するお仙とお絹に、部屋の中から両手を合わせていた。

正之助とお仙、お絹の三人は、東海道から札ノ辻で赤坂や四ツ谷方面に分岐している往還に進んだ。

すこし間を置き、遊び人姿の染谷がおなじ往還に入り、さらに仁左が羅宇屋の道具箱を背につづいた。尾行ではない。正之助たちが角を曲がり見えなくなっても、見失うことはない。行く先がわかっておれば、道順もあらかじめ申し合わせている。

染谷は鎌田村代官所の手の者に面が割れていない。もしもの場合にそなえ、市ケ谷御門までの用心棒である。仁左は百姓姿に手甲脚絆の男たちの顔を知っている。たとえ形《なり》を変えていても、見ればわかる。その者らが札ノ辻を出た正之助たちを、尾《つ》けていないかどうかの見まわりである。

もちろん、尾ける者がおれば、その者も仁左の顔を知っていることになる。その場合も、織り込みずみである。気がつき仁左に目をつければ、染谷に合図を送り、生け捕りにする算段なのだ。それからどうする……。

昨夜、染谷は言っていた。

「──なあに、鎌田村百姓代殺害の疑いで近くの自身番に引き挙げ、素性を明らかにしてみせまさあ」

町奉行所が鎌田村の件に係り合う、いい材料になるかもしれない。

「──まあ、それもよかろう」

忠吾郎は応えていた。

おクマとおトラは、

「ええぇ、いったい」

「なんなの、これ」

と、まだ手拭と桶を持ったまま、長屋の軒端《のきば》に立っている。

部屋から玄八が、

「朝から外が騒がしいと思ったら、お仙さんとお絹さん、きょうだったのかい」

言いながら出て来た。すでに老けづくりをしている。仕草も老人じみている。

「えっ、玄八さん、なにか知ってるのかね」

「ああ。二、三日前《めえ》、どこかのお武家のお屋敷から腰元の口入れを旦那が頼まれたって聞いたよ。両国《りようごく》とかその向こうの大川《おおかわ》（隅田川《すみだがわ》）を越えた本所とかいっていたなあ」

まだ眠そうに言ったのへおクマはさらに、

「えぇえ、そんな遠くに？　そうか、それでこんなに早く」

得心したように言うとおトラが、

「だったらひとこと、そう言ってくれれば。水臭いじゃないか。ねえ」

「きょうは目見得《めみえ》だけじゃねえのかい」

玄八はさらりと言った。

「だったら、まだ決まったわけじゃないんだ」

「そうか、それでなにも言わずに出かけたんだ。二人とも決まるといいねえ」

おクマとおトラはようやく納得したように、裏庭の井戸端に向かった。

このあとおクマとおトラは、街道の縁台に出ている忠吾郎にも訊くだろう。忠吾郎もおなじことを言うはずである。

これでおクマとおトラが外に出て、百姓姿で手甲脚絆の男たちに呼び止められなにを訊かれても、相州屋から腰元二人が鳥居屋敷に入ったことを、鎌田村の代官所に知られることはないだろう。おクマとおトラは正直に、相州屋の人の動きを話しているのだ。だが、鎌田村の吾助と甚太、伴太が相州屋の寄子になっていることは洩れるかもしれない。というより、鎌田村の代官所はすでに察知しているかもしれない。

さきほど正之助たち三人を見送ったあと、忠吾郎は縁台で煙草をくゆらせながら、お沙世に言った。

「おそらく手甲脚絆の百姓姿の者が、ここに座って茶を飲みながら、相州屋《うち》の寄子宿のようすをおまえに訊くかもしれんが……」

「そうそう。それですよ、旦那さま。わたしも、そういうことがきっとあると思っております。そのときどう応えればいいのですか。見張りだけなら朝から晩まで、しっかりやっておくのですが」

お沙世はすかさず質《ただ》した。

忠吾郎は言った。

「吾助たちがな、入っていることは正直に話してやれ。甚太と伴太の名も話してよいぞ」

「えっ、いいんですか」

「かまわん」

「でも、それじゃ寄子宿に代官所の人たちが、深夜に忍びこんで来たりして」

「あはは、そのために染谷や玄八がいま寄子になってくれているのだ。仁左も含め、やつらが並みの使い手でないことは知っているだろう」

「そりゃあ、もう」

お沙世はすでに幾度か仁左たちと、影走りに加わっている。染谷と老けづくりの玄八が、北町奉行所の隠密廻り同心とその岡っ引であることにも気づいている。実家の金杉橋の浜久で、北町奉行の榊原忠之が忠吾郎とよく会っていることからも、そのことにじゅうぶん納得している。

だが羅宇屋の仁左については、

(――どうしてあんなに？　染谷さまとくらべても、まったく引けを取らないばかりか、その上手《うわて》を行っている……)

お沙世が、日ごろ気になることの一つである。

忠吾郎は白い煙を気分よさそうに吐き、

「つまりだ、吾助ら鎌田村の三人を一歩も外へ出さねえのは、鎌田村代官所の手の者に見つからねえようにするためじゃねえ。外で襲われたら、防ぎきれねえからだ。この札ノ辻のお人らに迷惑はかけられねえ。あくまで迎え撃つのは相州屋の中で、な」

「そういうことですか」

淡々と得心するお沙世も、並みの茶店の娘ではない。

お沙世は安堵した表情で言った。

「それじゃ寄子宿のいまのようす、訊かれたなら、お仙さんとお絹さんのこと以外は、全部ありのままに話していいのですね」

「むろん。それも策の一つでなあ。そうすれば鎌田村の代官所のやつらめ、おまえを信用し、ただの茶店の娘と見なすだろう。それだけおまえは、向こうさんの動きをつかみやすくなるって寸法だ」

「なるほど」

さらにお沙世は得心した表情になった。相州屋や仁左たちの影響か、度胸が据わっている。

大八車の車輪の音が近づき、

「おっ。ここの茶店、もう開いてるぜ」

「ありがてえ。ちょいと休んで行こうかい」

荷運び人足が二人、忠吾郎のとなりの縁台に腰を下ろした。

「いらっしゃいませ」

お沙世は声をかけ、忠吾郎との話は終わった。

まだ朝のうちで、街道はようやく人や荷のながれが増えはじめたところだ。

二

陽が中天にかかるには、まだ間のある時分だった。

正之助が帰って来た。

さっそく吾助が、そろそろ近くへ商いに出ようかとしていた玄八と宇平の年寄りの足取りに合わせ、母屋の居間に急いだ。

おクマとおトラはとっくに商いに出ている。きょうも高輪大木戸の手前まで行って、そこから三田《みた》の寺町をまわると言っていた。お寺をまわれば、おトラの付木はもとより、どのお寺も一日中灯明《とうみょう》を灯しており、蠟燭の流れ買いのおクマにはけっこうな商いの場となっている。三田の寺町の範囲は広く、一巡するだけで数日はかかる。

お沙世は物見《ものみ》の役目があり、茶店の縁台を離れることはできない。

甚太と伴太は、部屋に逼塞《ひっそく》している。

吾助は二人に言っていた。

「――逃散は天下のご法度だ。子供といえど容赦はされぬ。おまえたち、代官所の役人に捕まれば、磔《はりつけ》刑と思え」

親や親戚の者に言われ、代官所の目を盗んで村を出たときのことを思えば、百姓代である吾助の言葉には信憑性《しんぴょうせい》が感じられる。甚太と伴太は震え上がり、部屋に逼塞したままとなっているのだ。

「で、どうだった」

忠吾郎にうながされ、正之助は一同の視線に応えた。

「先方は朝早くに来たことを非常によろこばれ、嬉野さまはむろん、筆頭ご用人の林平兵衛さまにもお会いでき、午前はきのうご一緒に相州屋へおいでのお女中お二人についてお家のようすなどを学び、さっそく奥向き女中の仕事に就くことになりました。きょう午後には奥方のお栄さまにも、目通りいただくことになっているとのことでした」

お仙とお絹なら、奥方のお栄もきっと気に入るだろう。この正之助の言葉のなかで、とくに忠吾郎は〝お家のようすなどを学び〟という段が気になった。というより期待を持った。

本来なら〝お家の作法を学び〟と言うべきところである。そこを正之助は無意識に〝ようすを学び〟と言った。きのうの嬉野の来訪と、きょう屋敷内の奥にまで入った雰囲気から、つい正之助は言ったのだろう。鳥居屋敷は現在、尋常な事態ではないという、忠吾郎の見方は当たっているようだ。

「あのー」

宇平が声を入れ、正之助は気がついたように言った。

「あ、大事なことを忘れていました」

飯炊きの下男として宇平を屋敷に入れる件である。嬉野はひと目でお仙とお絹を気に入っている。その二人が朝早くから来た。それだけでも嬉野や林平兵衛には、お仙とお絹の奉公への意気込みの高さと映る。下男の口入れは、その相州屋からの願い出である。

受け入れられた。

「さっそく明日、目見得していただくことになりました」

「おーっ」

正之助の言葉に、部屋には安堵の声が洩れた。

遊び人姿の染谷が戻って来た。正之助が屋敷に入っているときも、周辺を仁左と手分けし、巡回していたようだ。

部屋に入ると、

「仁左どんは番町の武家屋敷で声がかかり、そのままひと商《あきな》いしてから帰ると言っておりやした」

と、落ち着いた口調で話したことから、行きも帰りも鎌田村代官所の目がついていなかったことが読み取れた。日の出の早朝に出立したのが奏功したようだ。

染谷が、部屋の安堵の雰囲気のなかに言った。

「旦那、過度の警戒は、けえってよくねえんじゃございませんかい」

「いや、こたびは敵を札ノ辻に呼び込んで討ち取ろうというのだ。騒ぎにせず、町のお人らにも迷惑がかからぬようにしなきゃならねえ。慎重に慎重を重ね、事を動かさにゃならねえということだ」

「そりゃあむろん」

染谷は得心し、また吾助が、

「まことに、まことに皆さま方には、ううううっ」

畳にひたいをこすりつけた。

ふたたびおもてに出た忠吾郎は、また茶店の縁台で鉄の長煙管をくゆらせはじめた。お沙世はとなりに客がいなくなるのを待って、

「さっき番頭さんと染谷さま、お帰りでしたけど、まわりにそれらしい影は見かけませんでした」

「うむ」

と、忠吾郎はうなずき、ふたたび鉄の長煙管をくゆらせはじめた。

鎌田村代官所の手の者は、札ノ辻で不穏な動きは見せていないようだ。

だが、まだ午前《ひるまえ》である。

仁左が声のかかった番町の武家屋敷でひと仕事を終え、羅宇竹の音とともに帰って来たのは、陽は西の空に入っているがまだ高い時分だった。そば屋の屋台も古着の竹馬も、お沙世の茶店から見える範囲にあった。

羅宇屋は声のかかった家の裏庭に入り、縁側に羅宇竹をならべ、煙管の脂取《やにと》りをしたり吸い口や雁首を磨いたりするので、けっこう時間がかかる。煙草好きの家人が出て来てその場にしゃがみこみ、新調するときには熱心に羅宇竹を選ぶ。武家でも商家でもそこで世間話を交わす。

仁左が声をかけられたのは、鳥居屋敷のすぐ近くだった。どちらの屋敷もおなじくらいの構えだったが、どなたの屋敷で役職はなどと訊いたりしない。屋敷の者は安心し、単なる出職《でじょく》の職人と見なし、かえっていろいろな話をする。

高禄の武家屋敷では、店開きをした裏庭の縁側に集まって来るのは、中間に足軽、若党たちである。

「――へえ、初めてのお屋敷で人数もおそろいのようでやすから、脂取りはタダでさせていただきやしょう」

などと言ったものだから、たちまち十本ばかりの脂にまみれた煙管が縁側に並べられた。なかには羅宇竹談義などをし、そこが男の奉公人たちの、普段では得られない、ちょっとしたうわさ話の場となった。

そこには、他家の奉公人に関する話もあった。奉公人にとって、他家の同業のようすなど、けっこう興味があるものだ。これはお喋り好きな女の奉公人に限ったことではない。

そこから札ノ辻に帰って来た仁左は、そば屋の屋台と古着の竹馬の前をさりげなく通りすぎ、そば屋の玄八と、

（異状なし）

と、目で合図を交わした。

茶店の前ではお沙世が、

「あら、いまお帰り。お茶でも飲んで行ったら」

愛想のいい言いようから、ここも異状のないことがうかがえる。

「ああ、あとでまたゆっくり休ませてもらわあ」

仁左は返し、寄子宿の路地に入った。

母屋の居間には、仁左に染谷、忠吾郎と吾助の四人がそろった。

仁左は近くの屋敷へ入ったことを話し、

「ここ一年ほどで、鳥居屋敷の中間が、かなり入れ替わったらしいですぜ。以前からいる中間なら近辺の同業とも顔なじみで、外で出会えば互いに言葉を交わしたりしていたのが、最近はようすがおかしいようで。わけを訊いても鳥居屋敷の奉公人は口をつぐみ、なにも語らねえそうで。それが渡り者の多い中間にとどまらず、二本差で〝家臣〟と呼ばれている若党、それにお女中にも及んでいるそうでさあ。こりゃあ尋常じゃねえですぜ」

筆頭用人の林平兵衛と女中頭の嬉野が、正之助にちらと愚痴《ぐち》るように洩らした内容を裏付けるような話である。

「ふむ」

忠吾郎はうなずき、

「つまり、代官の荒井甲之助が江戸屋敷内の奉公人を、自分の息のかかった者で固めようとしているのかもしれねえ。もしそうだとすりゃあ、中間から若党、女中など、下から固めていくなんざまわりくどいようだが、なかなかの策士だぜ。ともかく、お仙とお絹の探索に期待しよう。あしたからは宇平も入《へえ》ってくれることになろうし」

忠吾郎が言い終わるなり、

「そ、それ、みんな、鎌田村から出ておりやす！　代官所に言い含められ、出世の道だなどと甘言に乗せられ。恥ずかしいことでございやすっ」

また吾助がひと膝飛び下がり、ひたいを畳にこすりつけた。

「よさねえかい、吾助どん」

忠吾郎が叱《しか》るように言った。

宇平を中間ではなく飯炊きの爺さん、つまり下男として入れるにはわけがあった。下働きなら、常に屋内にいる腰元ではなく、台所や物置をいつも行き来している下女たちとの接触が多い。そうした女たちはべちゃくちゃとお喋りが多い。それが目当てなのだ。いまはおもてで竹馬の古着屋になっている宇平も、そこはじゅうぶんに心得ている。

三

おもてで、その宇平たちの目の前である。動きがあった。

お沙世が仁左に〝お茶でも飲んで行ったら〟と声をかけ、仁左が〝あとで〟と返し、寄子宿の路地へ入って行ったすぐあとだった。

薪《まき》を積んだ大八車が高輪大木戸の方向から来て、そば屋の屋台と古着の竹馬の前を、避けるように過ぎた。

（芸がない）

そば屋の玄八は思った。

軛《くびき》に入っている荷運び人足も、うしろを押している者もおなじ百姓姿で、薄汚れた手拭で頬かぶりをし、笠を目深《まぶか》にかぶっている。顔が見えなくとも正体はわかる。玄八は気づかぬふりをし、すぐ横にいる宇平にもそれをうながした。

大八車は茶店の前で停まった。

お沙世も相手方の姿かたちは、仁左たちから聞いている。感じるものがあったが慌てることなく、

「いらっしゃいませ」

言うなり近くの玄八と目でうなずき合った。

軛に入っていた男が、

「品川から休みなしだ。ちょいと休ませてくんねえ」

「ここでひと休みたあ、ありがてえ」

うしろを押していた男もつづけ、縁台に腰を下ろした。

お沙世は緊張することなく、自然体で茶を出した。

軛の男が、

「向かいの人宿よ、親切で評判がいいって聞いたが、最近、新たに人が入《へえ》ったりしてねえかい。行き倒れのケガ人か病人が担ぎこまれたとか」

お沙世はカラの盆を小脇に、縁台の横に立ったまま、

「はいな、ありましたよ。ほんと相州屋さんは親切でしてねえ。行き倒れの人がここで救われることなんかよくあることで、幾日かまえでしたよ。ありゃあきっとケガ人ですね。それもかなり重そうな。担ぎこまれて、いまだにそこの奥の寄子宿で介抱されているらしいですよ。元気になったと聞いておりませんから」

口に湯飲みを運びかけた人足二人の手が、瞬時とまった。

すぐに動き、片方の人足が、

「へぇえ、それは親切な。そこの人宿さん、奉公先への口入れだけじゃのうて、行き倒れの介抱までしなさるか。ほかに入《へえ》った人はいなさらんかね。いえね、あっしら荷を運んであっちこっち行ってると、宿なしで奉公先を找《さが》しているのをけっこう見かけるもんでなあ」

「あの子たちも宿なしかしら、かわいそうに」

お沙世が言ったのへすかさず軛の人足が反応した。

「あの子たち?」

この縁台の光景を、さりげなく玄八が見ている。宇平は知らぬふりをしているが、玄八にそう言われたのだろう。

お沙世は返した。

「はい。歳は知りませんが、まだ子供みたいな男の子が二人も」

「へぇえ、そんなのまで」

軛の人足は言うと、

「おう、行こうぜ」

「えっ、まだここで」

「なに言ってやがる。急いで運ばなきゃあよう」

と、相方の人足を急かし、軛に入った。

相方の人足は未練気にお沙世を見て腰を上げ、荷のうしろについた。

大八車は金杉橋の方向に車輪の音を立て、走り去った。

軛の男はおそらく、あまり訊きすぎてみょうに思われてはならないと判断したのだろう。せっかく得た、相州屋に対する情報源なのだ。変な荷運び人足と思われてはならない。なかなかの男である。

その者、鎌田村で仁左や玄八に声をかけて来た、代官所の手先と思われる男だった。ならばもう一人は、玄八と宇平を尾け、籠脱けをされ、おクマとおトラに声をかけて相州屋を突きとめた男のようだ。

お沙世が話したのは、すべて忠吾郎から〝話してやれ〟と言われていたことである。このあと、お沙世は寄子宿の路地へ駈けこみ、すぐに出て来た。

忠吾郎がふらりと出て来て、縁台に座った。お沙世からさきほどのようすを聞き、つぎの動きを見るためである。朝夕に忠吾郎が茶店の縁台に陣取って鉄の長煙管をくゆらせているのは、いつもの札ノ辻の風景だ。鎌田村代官所の者も、その風景はつかんでいよう。すぐ近くでは玄八と宇平が、何事もなかったように商いをしている。

陽がかたむき、街道はそろそろ夕暮れ時の慌ただしさを見せはじめた。

そのなかを、金杉橋の方向から車輪の音とともに大八車が一台、

「おっとっと」

茶店の前で往来人とぶつかりそうになり、軛の男はうまく梶《かじ》をきった。

「あらら、さっきのお人。いまお帰りですか」

お沙世が声をかけたのへ、

「おう、さっきの姐さん。暗くならねえうちになあ」

「これからまた品川までさあ」

軛の男が返し、あと押しの男がつづけ、大八車は車輪の音と土ぼこりとともに高輪大木戸の方向へ走り去った。むろん、そば屋の屋台と古着の竹馬の前も通り過ぎた。

(まったくやつら、芸がないぜ)

玄八はまた思った。

大八車はさきほどお沙世の茶店で、相州屋のことを訊いた二人だ。街道が慌だしくなりかけたのに紛れ、みずからも帰りを急ぐようすを扮《こしら》えたのだろうが、本物の荷運び屋なら帰りの荷台はカラのはずだが、薪がそのまま満載されている。明らかに荷運びを装った、相州屋へのさぐりである。

あとを寄子宿の路地から出て来た染谷が尾けた。仁左や玄八が尾けたのでは、あと押しの男が一度ふり返れば気づかれる。〝敵〟を誘いこむには、相州屋が探りを入れられているのに気づき、対策を講じていると思わせてはならない。羅宇屋も麵売りも古着買いも、鎌田村に入っている。いま相州屋の寄子で、鎌田村代官所の者に顔を知られていないのは、遊び人の染谷だけである。

だが、染谷は出かけるとすぐに帰って来た。尾行は失敗だった。気づかれたのではない。

田町四丁目を出て五丁目あたりの街道を踏んだとき、枝道からおトラとおクマがひょいと出て来たのだ。

「おや、染さん。どこへ」

「ああ、ちょいと野暮用でなあ。いま帰《けえ》るところだ」

と、身を隠すいとまもなく声をかけられ、二人から、

「野暮用ってなんだか知らないけど、あんたもちゃんとした正業に就かなきゃだめよ」

説教をされながら一緒に帰って来たのだ。このあとも大八車は、町場でおクマとおトラに接触する可能性がじゅうぶんにある。おクマとおトラに、染谷が大八車を尾けていたことを気づかれてはならない。

陽が落ちてからだった。

おクマとおトラが、

「もう、きょうも疲れたよう」

「あんたたちも、お天道さまと一緒に寝て、一緒に起きるんだよ」

と、甚太と伴太に訓辞を垂れ、自分たちの部屋でごろんと掻巻《かいまき》をかぶったころ、母屋の居間では行灯が灯され、忠吾郎、仁左、染谷、玄八、宇平、それにお沙世が寄合っていた。

「すまねえ、俺としたことが」

染谷が一同に詫びを入れた。

忠吾郎は、

「それでいい。用心が肝心だからなあ」

言ってから腕を組み、

「あの時分に、大八車を鎌田村まで牽《ひ》いて帰《けえ》ったとは思えねえ」

大八車の男たちは、行きも帰りも〝品川〟といやに強調していた。

忠吾郎はつづけた。

「やつらが品川、品川というのは、鎌田村を隠すための方便だろう」

「ということは、ほんとうに品川に足溜《あしだま》りを置いているのかもしれねえ」

「それとも、もっと近く。泉岳寺の門前町あたりか」

玄八が言い、仁左がつないだ。

他の者もうなずきを入れ、忠吾郎が座を締めくくるように言った。

「ともかくやつらめ、相州屋へさらに探りを入れ、いずれ仕掛けて来るだろう。あしたから宇平どんも鳥居屋敷に入《へえ》れることは間違《まちげ》えあるめえ。それまで護りをしっかりとしておかなきゃ」

お沙世がうなずいた。

忠吾郎の言葉はつづいた。

「お仙とお絹はきょうからだが、そつなくやってくれているだろう。そこに宇平どんが加わり、その報告を待ってからだ。いかに奴らを迎え撃ち、こっちからもどこへどう攻勢を仕掛けるかを決めてえ」

「へえ」

宇平が向けられた視線にうなずき、お沙世は緊張の面持ちになっていた。

四

翌朝、宇平が正之助にともなわれ、相州屋を出たのは、鎌田村代官所の手の者に用心し、きのうとおなじ日の出どきだった。通い番頭の正之助には、二日つづきできつい仕事だった。

道筋の警戒には染谷が一人であたった。鎌田村代官所の目が相州屋に向けられている以上、面の割れている者がついたのでは、かえってまずいことになるとの判断からだった。もちろん、宇平の面も割れている。だが、なにぶん台所の隅にこもっての仕事であれば、それが鎌田村代官所まで伝わるには、数日を要するだろう。

正之助が一人で戻って来たのは、そろそろ陽が中天にかかろうかという時分だった。一人で帰って来たということは、宇平をつつがなく鳥居屋敷に口入れできたということである。

商舗《みせ》の帳場格子には忠吾郎が座っていた。

あるじと番頭は、日常の用件のように店場の板敷きで話した。

「お屋敷では下働きのお女中衆がよろこび、宇平さんにはさっそくきょうから仕事に入ってもらうことになりましてねえ」

正之助は言う。十数年ずっとお仙を支え、飯炊きどころか繕《つくろ》い物までやってきたのだ。それが竹馬の古着売りにも古着買いにも生かされ、きょうからの飯炊き奉公にも役立つことだろう。

嬉野のはからいで、お仙とお絹にも会えた。

正之助は言う。

「いやあ、驚きました。きのうのきょうというのに、矢羽模様の腰元衣装がすっかり似合い、もう幾年もまえから腰元をやっているように見えました」

それもそのはずで、お絹などはもともと腰元だったのだ。ともかく順調なすべり出しをしたようだ。

「きょうはわしが帳場に座っているから、番頭さんは奥で休んでいなされ」

と、忠吾郎はいたわりを忘れなかった。

だが正之助は、

「そうは行きませんよ」

と、帳場の横で帳簿の整理をはじめた。

染谷が帰って来た。

「きのうとおなじで、異状はありやせん」

やはり鎌田村代官所の手の者は、早朝の相州屋には見張りをつけていなかったようだ。だが、安心はできない。

午過《ひるす》ぎである。

きのうとおなじ薪を積んだ大八車が、三田の寺町にゆっくりと車輪の音を立てていた。いずれの寺に薪を降ろすでもなく、ときおり道端に停めては休息までしている。もちろん軛《くびき》に入っている男も、あと押しの者も、あの百姓姿に手甲脚絆の、鎌田村代官所の手の者である。

すでにおクマとおトラから、ここ数日、三田の寺町をまわると聞いている。坂道の多い一帯だが、そこに大八車を牽き、たまたま出会ったふうを扮《こしら》え、大らかな婆さん二人から相州屋の、それも寄子宿のようすを、くわしく聞き出そうという算段なのだ。それは奏功した。

いまこのお寺と目串《めぐし》を刺し、裏の勝手口の近くで待っていると、おクマとおトラが出て来た。二人ともいい商いができたか、ありがたそうに上機嫌だった。

「おや、またこんなところで」

と、大八車の横で立ち話になった。

「わしらの知っているやつで、寄子宿に入れてもらって、どこか奉公先を見つけてもらえたらと思うのがいやしてねえ」

「気のいいやつなんだが、住むところもなく、困っているんだ。俺たちがいま面倒を見ているんだがよ」

と、大八車の二人はたくみに持ちかけた。こういう話に、面倒見のいいおクマとおトラが乗らないはずはない。

立ったままの短いやりとりのなかに、大八車を牽いた二人は、重傷で担ぎこまれたのが吾助といい、子供のような二人が甚太と伴太で、いずれも品川向こうの鎌田村の出であることを知った。三人が村を出た日時も、相州屋の寄子になったときとうまく一致する。

さらに、いまいる寄子が羅宇屋の仁左で、そこへ年寄りの屋台のそば屋と遊び人のようなのがころがりこんで来たことも掌握した。

お仙とお絹、宇平についても、

「二人のお女中は、なんでも川向こうの本所のお屋敷に奉公が決まったようで」

「もう一人の爺さんも、四ツ谷か市ケ谷のほうに奉公先が見つかりそうだと番頭さんが言ってたよ」

おクマとおトラは語り、大八車の者二人はそれ以上の問いはひかえた。ただ、

「その鎌田村の男三人さあ、どういうわけなんだろうねえ。相州屋《うち》の寄子になっ

てから、一歩も外へ出ていないんだよ」

「そう。それって、なんだかおかしいよねえ」

二人の婆さんが言ったのを、代官所の二人は聞き逃さなかった。

(直訴状は、まだ相州屋の寄子宿にある)

確信を持った。同時に、寄子宿の配置もそれぞれの部屋割りも聞き出した。

「男でも女でも、空き部屋が増えたところさね」

「あたしらも、寄子の多いほうが楽しいからさあ」

おクマとおトラは言った。二人とも顔も体型も丸顔と面長に、太めに細身と異なるが、性格も世間への見方もよく似ている。

陽が西の空にかたむきかけたころ、おクマとおトラは疲れたからだで、だが気分よく札ノ辻に帰って来た。

この日も茶店から見える範囲で商っていたそば屋の玄八と、近くを流していた仁左に、

「きょうは、いい話があるよ」

「楽しみにしていてよ」

と告げ、お沙世の茶店でひと息つけ、寄子宿の路地へ入って行った。このときにお沙世はおクマとおトラから、

「また新しい寄子が増えそうだよ」

と、〝いい話〟というのを聞いていた。

そのあとすぐ帰り支度をした仁左と玄八も、お沙世に呼び止められ、それを聞かされた。

寄子宿に戻り、鳥居屋敷から戻ったあと、ずっと吾助たちと長屋にいた染谷も加わり、相州屋の手伝いをしているように言うおクマとおトラの話を聞いた。当然ながらお沙世を含め、聞く側には、大八車の二人が鎌田村代官所の手の者であることはわかる。

この日の夜も、母屋の居間は寄合の場となった。さすがに番頭の正之助と通い女中の二人は帰し、お沙世と小僧がお茶の用意をした。

部屋には忠吾郎と仁左、お沙世と染谷、玄八、それに吾助の六人である。

染谷が言った。隠密廻り同心の勘であろう。

「おクマさんたちはそう言いやすが、新しい寄子など、婆さん二人から寄子宿の配置を訊き出すための方便でやしょう。やつらの知り人が来りゃあ、どうせ鎌田

村代官所の手の者で、吾助どんたちが見りゃあ、ひと目で正体が露顕《ばれ》まさあ」

「おそらく」

忠吾郎が肯是《こうぜ》し、吾助はむろん仁左も玄八もうなずいていた。

「なんだか、おクマさんとおトラさんに悪いみたい」

お沙世は言う。

この日の談合は早く終わった。おクマとおトラの話の確認だけだった。

最後に忠吾郎は言った。

「向こうさんもいくさ仕立てだなあ。敵陣のようすに探りを入れてから……。いつ来てもよいように、まずは防御だ」

「畏《おそ》れ、畏れ入りまするうっ」

また吾助がひと膝飛び下がり、ひたいを畳にこすりつけようとするのを、

「おっと吾助さん、よしなせえ。俺たちゃあ、おめえさんのためにやってんじゃねえぜ。まあ、強《し》いて言やあ、成り行きってやつだ」

仁左が言ったのへ忠吾郎も染谷もうなずき、

「そうですよ。頭を上げてくださいましな」

お沙世が手を差しのべる仕草をして言った。

その夜、それぞれが気をつけていたが、動きといえば、野良犬が寄子宿の路地に迷いこんで来たことくらいだった。


朝を迎え、冷たい井戸水を順に汲み上げ、いつもの一日が始まった。

おもての街道は、日いちにちと年の瀬の慌ただしさを増して来ている。

札ノ辻にも寄子宿にも、変わった動きはなかった。

そのまた翌日である。

茶店の縁台に座った武士が二人、茶を飲みながらお沙世に、

「向かいは人宿と書いてあるが、いかような所かのう」

お沙世は落ち着いた口調で、人宿が口入屋であることを話した。武士たちは相州屋の店先よりも路地のほうに視線を向けていたが、それ以上のことは訊かなかった。それが鎌田村奉行所の役人であるかどうかはわからない。

その夜だった。

深夜、

(来たか)

仁左が長屋の奥にある雪隠《せっちん》に立った。

長屋では、男たちの配置を毎晩変えている。その夜の当番が一番外側の部屋に入る。当番の者は不寝番《ねずのばん》となる。一番奥に甚太と伴太、その手前に吾助を入れ、その配置は変えない。

一番外の部屋は、腰高障子を開ければすぐ街道からの路地である。きょうの当番は仁左で、雪隠に立ったのはむろん、みんなへの合図のためである。腰高障子を開けたとき、確かに路地の角に人の動く気配があった。影は出ようとして不意に身を引いた感じだった。灯りもかすかにあった。数人が潜み、一番うしろの者が提灯を持ち、それを半纏か手拭で覆《おお》っているようだ。

「――やつら来るとすりゃあ、目的は吾助どんの直訴状でやしょう。襲っても暗やみの中じゃ奪えやせんぜ」

居間での膝詰《ひざづめ》で、玄八が言っていた。

襲って来る者は、灯りを持っているはず……防御の側の、共通の認識である。

(おいでなすったな)

仁左は胸中につぶやき、敷居を外にまたぎ、

「おおう、冷えやがるぜ」

声に出し手に息を吹きかけ、背をまるめ奥の雪隠に向かい、染谷と玄八の部屋

の腰高障子を足で蹴り、雪隠に入りふたたび染谷と玄八の起きた気配を確かめながら、一番外側の部屋に戻った。腰高障子に入る瞬時、やはり人の気配とかすかな灯りを感じた。

三人とも、寝巻は着ているが、その下は股引と腰切半纏に三尺帯の職人姿で、黒足袋《たび》も履き、枕元には木刀を置いている。襲って来た者には防御だけで、

――一人を生け捕りにする

忠吾郎も承知している三人の策である。隠れ徒目付と隠密廻り同心とその岡っ引である。できないはずはない。

三人はそれぞれの部屋の腰高障子の内側で木刀を手に、灯りを持った〝賊〟が長屋と長屋の路地にほどよく入って来るのを待っている。五、六歩も入ったところで飛び出し、一人を打ち据えようというのである。他の者はおそらく逃げるだろう。いま、三人の息は合っている。

だが、仁左の合図で目を覚まし、身構えたのは染谷と玄八だけではなかった。吾助は毎夜、神経を昂《たかぶ》らせている。自分の部屋の腰高障子を蹴られなくても、となりの音で目をさまし飛び起きた。イザというときに備えていた脇差を手に、腰高障子の内側に身を張りつけた。

〝賊〟は入って来た。灯りも感じる。二歩、三歩、人数はわからない。数人であることは間違いない。

(よしっ、あと数歩)

仁左は算段し、染谷も玄八もそれを感じたときだった。

突然、腰高障子の激しく引き開けられた音が……刹那《せつな》、

「うおーっ」

吾助だった。〝賊〟に向かって寝巻のまま走り、手にした脇差を抜き放った。

驚いたのは仁左たちである。三人同時に木刀を手に飛び出した。

「み、見つかった!」

声が聞こえた。そやつらは弾かれたように身をひるがえし、入りこんだ街道への路地に走った。提灯の灯りを持った者は放り出した。地に落ちた提灯が小さな炎を上げ、あたりが一瞬明るくなった。

その灯りのなかに仁左が吾助の脇差を、

「よせっ」

声とともに木刀で叩き落とし、足袋跣《たびはだし》の染谷と玄八は、逃げる影を追った。

街道に出た。音を殺しての尾行ならまだしも、闇の中に一目散に逃げる者を追う

のは不可能である。

物音におクマとおトラが出て来た。甚太と伴太も暗い中に、こわごわと腰高障子から顔をのぞかせた。

「うううっ」

吾助はうめいている。

仁左は言った。

「馬鹿な泥棒が入《へえ》って来たようだ。母屋と寄子宿を間違《まちげ》えたのだろうよ」

忠吾郎も起き、裏庭に出て来た。

おクマとおトラは恐怖に顔を引きつらせ、まともに口がきけたのは、朝になり井戸の釣瓶が音を立てはじめてからだった。

「恐かったよう」

「ほんと、玄八さんもその歳で、よく外まで追いかけてくれたねえ」

などと言っていた。震えが止まらないのは、寒さよりも恐怖からであろう。

婆さん二人はこの日、商いに出てまたあの大八車の二人に会えば、きっと興奮気味に語ることだろう。

『きのうさあ、寄子宿《うち》に泥棒が入ってねえ、男衆が追い返したよ』

『あんなの初めてだったさ。これで懲《こ》りて、もう来ないと思うよ。あんたらの知り人、安心して相州屋に寄こしなよ』

防御の忠吾郎たちにとっては、望むところである。

さっそく二人は朝の身支度を終え、路地を街道に出るなり、

「ちょいとちょいと、お沙世ちゃん」

「きのう夜、気がつかなかった？」

と、まるで自慢するように出されたばかりの縁台に陣取り、お沙世に昨夜仁左たちが〝泥棒〟を追い払った話をしたものである。

五

翌日、午前中だった。

「ちょいとお屋敷をうかがって来ますじゃ」

正之助は出かけた。鳥居屋敷である。口実ではないが、口実でもある。一日違いとはいえ、ほとんど同時に三人も一つ屋根の下に口入れしたのだ。人宿としてはようすが気になる。そのことは、相州屋での目見得のとき、忠吾郎が女

中頭の嬉野にも言っていた。

「――どうぞお越しくだされ」

嬉野は言ったものである。

お仙とお絹に忠吾郎は、

「――とりあえず、四日後に。わしも急いでおるのでなあ」

言っていた。

正之助が帰って来たのは、午《ひる》すこし前だった。

待っていたのは忠吾郎だけではない。奥の居間で正之助が忠吾郎にようすを語るとき、ずっと寄子宿で用心棒をしている染谷、それに吾助も同座した。吾助などは昨夜の失態もあり、部屋の隅で身を縮め強張《こわば》らせている。

正之助は言う。

「嬉野さまと筆頭ご用人の林平兵衛さまがお会いくだされただけじゃのうて、お仙さん、お絹さん、宇平さんにも会《お》うて、直接話もできました」

それだけで、お仙とお絹が嬉野と林平兵衛から気に入られ、宇平もそつなく仕事をこなしていることがうかがわれる。

「お仙さんとお絹さんが、これを旦那さまに、と」

正之助は一通の書状を手渡した。

見ると、はたして鳥居屋敷では内紛があった。お仙とお絹をわざわざ嬉野が迎えるように来て目見得をしたのも、追いつめられた立場を挽回するための一環だったようだ。そのために、嬉野についていた二人の腰元は、そうした事情をお仙とお絹に、奉公に上がったその日のうちに話したようだ。さすがはお仙とお絹で、屋敷内の空気を掌握するのも早かった。ほんの二、三日で二人は、嬉野つきの腰元たちの語ることに、誤りのないことを感じ取っていた。

書状は二人の連署で認《したた》めている。

鎌田村の代官・荒井甲之助が若党から用人に引き上げられたのは、五年前だという。

旗本家にあって若党は、羽織袴を着け大小を帯びた奉公人である。用人は主人の身辺につき添い、家の庶事を掌《つかさど》り、時には外に向けあるじの代理人にもなる。五百石くらいの家柄なら用人は一人だが、鳥居家のように千二百石で御使番の家柄ともなれば、数人の用人を置いている。そのなかで筆頭用人ともなれば、大名家の家老に相当する。

荒井甲之助を若党から用人に引き上げたのは、筆頭用人の林平兵衛だった。それがいけなかった。荒井は用人になると同時に屋敷内に一派をつくり、筆頭用人の座を狙いはじめた。その一派は若党、足軽、中間にとどまらず、腰元にもおよんだ。そこに気づいた林平兵衛と女中頭の嬉野は、

「──お家の中が乱れたのでは、殿さまの将軍家へのご奉公に障《さわ》ります」

「──かといって放逐し、浪人させるのは酷《こく》だ」

と、一計を案じたのが、知行地の鎌田村代官に任命し、屋敷の外へ出すことであった。それがさらにいけなかった。三年前のことである。

知行地の代官になり筆頭用人の目が届かなくなると、いよいよ本性を発揮したらしい。具体的になったのは二年前からで、屋敷内で金銭の力で若党や中間、腰元たちを配下に収めはじめたようだ。その重圧をもろに受けているのが、鎌田村の住人たちである。吾助が斬られ重傷を負い、子供ながら村を抜け出した甚太や伴太たちが現在《いま》相州屋にかくまわれているのも、

──すべて荒井甲之助の野心が原因と認識いたし候《そうろう》

と、書状は結ばれていた。

「その書状、お仙さんがそっと私に渡してくれましたものでして」

と、正之助は鳥居屋敷を訪れた報告を終えると座を立った。帳場を小僧に任せ

きりにはできない。居間を出るとき正之助は、

「そうそう。林さまから、中間を二人ほど早くと催促されました。旦那さまも留意しておいてくだされ」

言っていた。

部屋には忠吾郎と染谷、それに吾助の三人となった。吾助は部屋の隅から膝を進め、三人は三ツ鼎《みつがなえ》に膝を寄せ合った。すでに染谷も吾助も書状に目を通している。

吾助は震える声で言った。

「昨夜、提灯が燃えたとき、見たのです」

「賊の面か」

忠吾郎が問いを入れたのへ、吾助はつづけた。

「はい。代官所の役人で、お屋敷では若党だったと聞いておりやす。もう一人も慥《しか》とは見えませんでしたが、同類のようでやした」

百姓姿で大八車を牽いていたのは、おそらくこの二人であろう。仁左と玄八はとっさのことで、気づかなかったようだ。おクマとおトラが出て来たのは、それらが逃げ去ったあとのことである。

「なぜきのう、それを言わなんだ」

　染谷が詰問するように言ったのへ吾助は、

「申しわけなかったのです。提灯を持っていた男、わしらとおなじ百姓でございやした。おそらく代官所に手なずけられたか脅《おど》されたか、どっちにしても灯り持ちで相州屋さんに押入るなど、わしゃあ鎌田村の百姓代として恥ずかしゅうて、申しわけのうて。それに、恐ろしゅうて……」

「ふむ、それで言いそびれたか」

　忠吾郎がいたわるように言い、

「吾助どん。おめえさん、まだなにか言いそびれていることがあるようだな。恐ろしゅうて、とは……？」

「はい、申しやす。これまで代官所に殺されたのは、わしの朋輩《ほうばい》の百姓代だけじゃありやせん。雉《きじ》の肉と羽根を品川宿で密かに銭に変えていた者が、幾度目かに見つかり、逃げようとして見せしめに斬殺されました。それに村の年ごろの娘が二人、代官所に呼ばれ、納めきれなかった年貢の代わりに、お代官の肝煎《きもい》りの女衒に売られようとして拒《こば》み、気丈にも役人の刀を抜き取って斬りつけ、その場で二人とも斬殺されましたじゃ。乱心し代官とその客人に斬りつけたという咎《とが》で……。まだありまする」

「話してみい。およそは俺たちも、想像はしていたが」

染谷が掠《かす》れた声で言った。

吾助はうなずき、さらにつづけた。

「親や親戚に言われ、村を逃げ出そうとした子供は、甚太と伴太が最初ではないのです」

「なに？」

「確たるあてもなく、甚太と伴太を外に出した親や親戚の者たちも……、そこまで切羽詰まった心情も理解してやってくだせえ」

「ふむ、まだいるような口ぶりだったが」

染谷は吾助に視線を釘づけたまま、忠吾郎は何事かを考えるように黙したまま聞いている。

話はつづいた。

「村の中に打毀しや逃散のうわさが立ちはじめたころ、せめて子供たちは巻き添えにしないようにと、他の知行地やお大名の領地の親戚に預けておこうと、密かに出した親が幾人かありやした。すべて途中で捕まって連れ戻され、そのまま行方知れずになった子が二人ほどおりやす。七歳の女童《めわらべ》と十歳の兄でございやす」

「斬られた？」

「わかりませぬ。手証《てしょう》もありやせん」

「だから甚太と伴太は、あんなに怯えていたのか」

「はい。憐《あわ》れでなりやせん」

「旦那」

と、聞き終えた染谷は忠吾郎に視線を向けた。向けるというより、すぐ目の前に忠吾郎のぎょろ目で達磨《だるま》に似た顔がある。

その達磨顔の口が動いた。

「昨夜の賊は三人、屋敷の若党から代官所の役人になった二人、あとの一人は駆り出されただけで戦力とはいえねえ。その三人は夜にここへ打込み、また戻れる範囲内に足溜りを置いておる、と」

「おそらく品川か、それとも泉岳寺のあたりかと」

染谷が言ったのへ、忠吾郎は返した。

「昨夜失策《しくじ》り、まだそこに留まっていようよ。つぎを狙い……」

「今宵じゃねえでしょう。いくらか日数《ひかず》を置き……」

染谷が返し、忠吾郎は、

「おあつらえ向きだ」

言うと吾助に目を向け、

「代官所の人数は？」

「旦那！」

「旦那さまっ」

染谷と吾助は同時に声を上げ、忠吾郎を凝視した。忠吾郎は代官所の戦力を訊いているのだ。

吾助は震える声で応えた。代官の荒井甲之助をのぞき、若党で役人が五人、六尺棒の捕方が七人、戦力外の炊事、洗濯、掃除などの下働きが中間姿で四人、屋内向けの女中が五人……。中間と女中は村の出で、捕方も組頭とその補佐の一人をのぞき、残り五人は村の若い衆だという。

忠吾郎は言った。

「若党の二人はいま外に出ていて、残りは三人。捕方も一人抜けて六人……か。したがこやつら、暗い中で差配が乱れれば右往左往するだけで、戦力にはならねえ。しかも四人は村の若い衆だ」

「忠吾郎旦那！　まさか……」

「そうだ、そのまさかだ。躊躇《ちゅうちょ》に日を置いて、打毀しや逃散があったのじゃ、村人だけじゃねえ。代々つづいた鳥居家までふっ飛んじまうぜ」

染谷が絶句したのへ忠吾郎は応え、正之助を居間に呼び、いま近くで商っている仁左と老けづくりの玄八を呼んで来るように言った。

「もう、うちの旦那さまはなにを考えておいでじゃ。まさか仁左どんと玄八どんを中間に口入れ？」

正之助は首をかしげながら玄関から外に出た。

陽が中天を過ぎた時分だった。

お沙世の茶店では、弁当持参で縁台に座り、お茶だけ注文する人足などの客がけっこう多い。いまも縁台は満席で、近くの屋台のそば屋も客がついていた。

羅宇屋の仁左が、近くをながしているはずなのに見つからない。しかたなく戻って来てお沙世に訊くと、

「あら、番頭さん。気がつかなくってご免なさい。言付け頼まれてたの。大事な得意先まわりがあって、陽のかたむくまえには帰って来るからって。どこでしょうねえ、大事なお得意先とは」

お沙世は屈託《くったく》なく応えた。茶店の縁台は、まだ満席だった。

相州屋に戻った正之助は、居間にいた忠吾郎に、

「大事な得意先まわりがあって……」

と、お沙世の言葉をそのまま伝えた。

忠吾郎は染谷と話しこんでいた。

吾助は殺された者たちの顔を思い浮かべ、村人の動向に昂《たかぶ》る気を鎮《しず》めるため、一人部屋に戻り、沈思《ちんし》している。

忠吾郎は、

「大事な得意先？」

つぶやき、染谷と顔を見合わせた。もちろん二人とも、仁左がお沙世に言付けた〝大事な得意先〟がどこかわかっている。

「ふふふ」

忠吾郎は達磨顔をほころばせ、染谷に言った。

「おめえは、呉服橋に行かなくてもいいのかい」

「へえ、よござんすよ。呉服橋の大旦那の考えは、最初からわかってまさあ。支配違いの仕事ゆえ目立たぬよう、何事もなかったようにカタをつけろ、と」

染谷が応えたのへ、忠吾郎は無言のうなずきを返した。

そのころ、仁左は羽織袴のいで立ちで大小を右わきに置き、江戸城の目付部屋で青山欽之庄と対座していた。

青山は言った。

「ほう、昨夜のぅ。ならば相州屋の忠吾郎なる男、さっそく動き出すじゃろ。鳥居屋敷の内情も、すでにつかんでいようゆえ」

「御意」

「わかっておろうな。こたびの件、何事もなかったように、将軍家のためじゃ。三河以来の家柄に瑕疵《かし》があってはならぬ。若年寄の内藤紀伊守さまも、さようにお考えじゃ」

「はーっ」

「で、どうじゃ。品川宿の桔梗屋は。あそこのあるじはそなたとおなじ徒目付が隠居をしてから開いた旅籠じゃ。それゆえ街道からすこし離れ、目立たぬところに暖簾を張り、お上《かみ》によう合力してくれる」

「それはもうじゅうぶんに。鎌田村に仕掛けが必要となった場合も、陰ながら合力してくれるものと思います」

「ふむ。なれど、あの旅籠は向後も大事にせねばならぬゆえ、あるじにあまり無理を強《し》いるでないぞ。ほどほどにな」

「心得てございます」

「それにしても、相州屋の忠吾郎なる者、みょうな男じゃのう。北町奉行の榊原忠之どのも、相州屋のことなら見て見ぬふりをし、まるで一心同体のようじゃ。なぜじゃ。そなた、なにか知っておるのではないのか」

「その儀なれば、それがしにも……。思うに、相州屋忠吾郎なる人物、ただ義に篤《あつ》きゆえかと」

「うむ。榊原どのも、さようなところがあるゆえのう」

目付の青山欽之庄は、独《ひと》りつぶやくように言った。

六

仁左が股引《ももひき》に着物を尻端折にして、手拭を頭へ吉原《よしわら》かぶりにし、背の道具箱に羅宇竹の音を立てながら札ノ辻に戻って来たのは、お沙世に言付けたとおり、陽のかたむくまえだった。

お沙世に呼び止められ、番頭さんが找《さが》していたと聞き、

（はて、昨夜のこととなにか関わりが）

思いながら路地を裏庭に抜けると母屋の居間から声がかかり、そのまま上がった。染谷と玄八と吾助が、なにやら半紙に描《えが》かれた図面のようなものを忠吾郎と囲み座していた。

お沙世もすでに、なにかが動きはじめたことを感じ取り、

「お爺ちゃん、お婆ちゃん。また縁台のほう、お願いっ」

と、仁左のあとを追って路地に駈けこみ、押しかけるように縁側から居間に上がりこんだ。

居間には忠吾郎、染谷、玄八、吾助、それに仁左とお沙世の六人がそろった。吾助は長屋の部屋で気を鎮め、ふたたび居間に呼ばれたときにはすっかり落ち着いていた。

図面は二枚で、一枚は鎌田村の絵図面で、もう一枚は、

「代官所の見取図だ。吾助どんが描いてくれてのう」

忠吾郎が言ったのへ、仁左もお沙世も今宵打込みと覚《さと》り、

「ほっ、こいつはいいや」

「わたしも、なにかお手伝いをっ」

言ったものだった。

母屋の居間は寄合の場から、軍議の場となった。

こまごまとした策が論じられ、最後に忠吾郎は言った。

「いいかい、あくまでも世に長く伝えられるような騒ぎにしちゃならねえ。元凶を一人、排除すればそれでよい。あとの処置は、わしらの係り合うことじゃねえ。筆頭用人の林平兵衛どのや、土地《ところ》の吾助どんらの仕事だ」

「やります。名主さんや組頭さんたち、わしら百姓代も一丸となって」

言う吾助は打込みが決まると、もうこれまでのように畳にひたいをすりつけてばかりの男ではなくなっていた。

出立《しゅったつ》は〝軍議〟が終わるとすぐだった。

陽はそろそろ西の空にかたむきかけている。

忠吾郎は尻端折に厚手の半纏と手甲脚絆を着け、わらじをきつく結び、笠をかぶっているが旅姿ではない。腰に鉄の長煙管を差し、ちょいと遠出をといった姿である。

吾助は顔を隠すように笠をかぶり、染谷はいつもの脇差を帯びた遊び人姿で、仁左も羅宇屋で背に音を立てる。玄八もそばの屋台を担いでいるが、具も汁も湯も炭も入っていないから重くはない。屋台の荷は、見えないように脇差が二本だった。それに甚太と伴太が、お沙世とお絹に助けられたときとおなじ出で立ちで、背に風呂敷包みを背負っている。一行に随う使い走りのように見える。

お沙世は店の前で、番頭の正之助と見送りである。そう決まったとき、鼻を膨らませ、頬を膨らませた。だが忠吾郎から、

「おクマとおトラを、なんとか安心させてやってくれい」

と言われ、なんとか機嫌をなおした。おクマとおトラは仕事から帰って来て、吾助に甚太と伴太のみならず仁左も玄八も染谷も、さらに忠吾郎までもいないとあっては愕然とし、極度に怯えることだろう。昨夜〝泥棒〟が入ったばかりなのだ。なんとかなだめなければならない。今宵、長屋で正之助が一番手前の部屋に入り、お沙世がお絹のいた部屋に、薪雑棒《まきざっぽう》を持って泊まりこむことになった。

一行は街道を進み、田町九丁目の高輪大木戸を抜けた。途中、おクマとおトラに出会わなかったのはさいわいだった。きょうも二人は三田の寺町を、

「またあの大八車のお人らと会わないかねえ」

などと話しながらまわっていることだろう。話題はあるのだ。

陽は大きくかたむき、片側に袖ケ浦の潮騒を聞きながら、前方に泉岳寺の門前町の丁字路が見える。

昨夜の三人は、そのあたりに足溜りを置いているかもしれない。先頭に笠を目深にかぶった吾助が歩を取り、用心深く進んだ。横に、仁左がぴたりとついている。衝動に走らせないための用心である。

吾助にしては、相方の百姓代や売られかけ殺された村の娘、それに行方知れずになった者たちの仇《かたき》を討ちたい念が胸に満ちている。実行したと思われる者の姿をもし見たなら、そのときの衝動はすでに昨夜見せている。そのような吾助に忠吾郎は〝軍議〟の座でも言ったものである。

「――仇は一人、代官の荒井甲之助のみだ」

さいわい一行は、何事もなく泉岳寺から延びて来ている丁字路の町並みを通り過ぎた。品川宿はすぐそこである。

潮騒を聞きながら、忠吾郎が仁左と横ならびになり、言った。

「最初おめえが吾助どんを担ぎこんだ桔梗屋《ききょうや》なあ、以前から知っておったのか」

「ははは、めえにも言ったでやしょう。あそこのご主人、煙管の羅宇竹に凝っていなすって、ちと遠《とお》うござんすが贔屓《ひいき》をいただいておりやしてね」

「ほう、そこもおめえの大事《でえじ》な得意先ってことかい」

一瞬、仁左が返答につまったところへ、すぐ背後に歩を取っていた吾助が、

「ほんとに、ほんとに桔梗屋さんには、不思議なくらいお世話になりました」

声を投げかけた。

「ふむ」

仁左はうなずき、歩を前に進めた。

きょうも一行が向かっている先は、品川の桔梗屋なのだ。

居間での〝軍議〟で、

「――品川の桔梗屋を足溜りにし、そこから鎌田村に向かっては」

仁左が提議し、そこを出丸として策が組まれたのである。

日没を迎え、旅籠の出女《でおんな》たちの客引きににぎわう表通りからはずれ、裏手の桔梗屋に着いたとき、あるじは再度忠吾郎が来たことに驚くとともに歓迎し、一行のために、

「どうぞ自儘《じまま》にお使いくだされ」

と、吾助が世話になった離れの部屋を、ふたたび用意してくれた。

番頭も出て来て、吾助に刀傷の治り具合を訊いた。縦一文字の傷痕《きずあと》はなまなましく残っているが、傷口は完全にふさがっている。医者の治療もさりながら、厚着だったのと仁左の処置がよかったのも奏功していよう。

外はすでに暗くなっている。忠吾郎と仁左、染谷と玄八は手甲脚絆を着けなおし、笠をかぶり旅姿になった。甚太と伴太が背負っていた風呂敷包みには、この衣装が入っていたのだ。いずれも黒っぽい色柄である。これで笠をとり黒手拭で頬かぶりをすれば、まったく盗賊姿である。その用意もある。仁左と玄八は、染谷とおなじく脇差を帯びた。いよいよ盗賊である。いずれの身なりになろうと、染谷のふところに朱房の十手のあるのが、支配違いとはいえ強みであった。

吾助と甚太と伴太は里帰りである。手甲脚絆に百姓姿になっている。吾助の腰に脇差がないのは、

「――イザというときには逃げろ。どんなことがあっても、おめえらは人を殺《あや》めちゃいけねえ」

相州屋を発つとき、忠吾郎が強く諫《いさ》めたからである。

桔梗屋を出た。離れからであり、ちょうど相州屋の寄子宿のように、出入りす

るのに母屋の玄関を通る必要はなかった。そば屋の屋台は離れの玄関脇に、羅宇屋の道具箱は部屋の隅に置かれている。

表通りは宿場町としての慌ただしい一段落を終え、江戸府内に近い品川の特徴として、色街に変貌しようとしている。

そうした表通りを避け、一行は裏道を進み品川宿を出た。

鈴ケ森である。樹林の中を仕置場に沿った街道に、さすがに人の気配は絶えている。もし追剝《おいは》ぎが出て、この一行を襲ったなら、襲ったほうこそ不運であろう。甚太と伴太が提灯を持ち、道案内のように先頭と中ほどに歩を取っている。

強い助っ人がつき、生きて里帰りをする安堵感を取り戻しているが、やはり最後尾は恐いようだ。そこには仁左がつき背後に気を配りながら、黙々と進んだ。

いくつかの街道に張りついた集落を過ぎたが灯りはなく、ただ暗い街道を進んでいる感覚である。

「そこですじゃ」

吾助が言った。かすかに見分けられる山の稜線《りょうせん》で、場所がわかるようだ。

「ここだ。おらたちの村だ」

「やっと帰《けえ》れた」

と、甚太と伴太が提灯で地を照らす。村への枝道が延びている。〃告狐〃の、あの高札が立っている往還である。

「よし、行くぞ」

忠吾郎の低い声に、一同は鎌田村への道に入った。

高札はあった。

「うむむむ」

甚太と伴太が提灯で照らし、吾助が足で蹴り倒そうとした。

「わかるぜ。だがよう」

と、仁左が割って入って制止し、染谷が、

「手証《てしょう》になる代物《しろもの》だ」

言うと、

「ううっ」

吾助はうめき、力を抜いた。

収まるのを待っていたように忠吾郎は言った。

「さあ。おまえたちの役割、わかっておるな。狐だぞ」

「へえ」

「狐、わかっておりやす」

子供の上ずった声で応じたのは、甚太と伴太だった。やはり怯《おび》えを、懸命に抑えているようだ。

代官所から、夜の見まわりに出ている者はいなかった。

七

集落に入った。淡い月明かりに、まばらに立つ百姓家の輪郭が見える。灯りも点いていなければ、人の動いている気配もない。吾助や甚太、伴太には、それらが誰の家で道がどうつづき、どこに窪《くぼ》みや溝《みぞ》があるかがわかっていよう。だから吾助はむろん甚太も伴太も、この戦いには必要だったのだ。

代官所も名主の家も、この集落の一角にある。

「よし、行け」

「へ、へいっ」

「き、狐でっ」

忠吾郎に言われ、甚太と伴太は提灯の灯りを手にしたまま走った。名主の家に向かったのだ。

裏手の勝手口を叩き、出て来た家人は甚太と伴太を見て驚くだろう。

名主を呼んでもらい、二人は叫ぶ。

『お江戸の、どこか知りやせん。潜んでいて、恐《こお》うなって帰って来やしたっ』

『百姓代の吾助さんも一緒ですう。鈴ケ森まで帰って来たら、狐火《きつねび》がいっぱい』

『尾《つ》いて行き、気がついたら、村の中でやした』

〝狐火〟を忠吾郎たちに置き換えれば、話は成り立つ。

二人は言葉を丸暗記しているのではない。このような意味のことを、自分の言葉で喋れ、と忠吾郎から言われているのだ。

甚太と伴太は喋りつづける。

『今夜、お代官所《でえかんしょ》でなにが起こっても、決して外に出ず……』

『村のお人らにも、そう触れてくだせえ』

『そうでねえと、吾助さんが殺されやす！』

聞いた者はなんのことかわからない。だが面々は、甚太と伴太が突然生きて帰って来たことだけでも、どこかでなにかが起きていることを覚《さと》るに違いない。

名主は家人を物見に出そうとする。

甚太と伴太は必死に叫ぶ。

『よしてくだせえ!』

『吾助さんが殺されるう!』

名主は身震いし、躊躇《ちゅうちょ》せざるを得ないだろう。


忠吾郎たち五人は、代官所の裏手の勝手口の前に立っていた。かすかに月明かりがある。吾助をのぞき、四人は黒装束に黒手拭で頬かぶりをしている。土壁の塀は、そう高くない。

染谷と玄八の肩に仁左が足をかけ、ひょいと内側に飛び下りた。その手際のよさと鮮やかさに、吾助は目を瞠《みは》った。

勝手口の板戸が内から開けられた。四つの影は内に消えた。代官所の中は、百姓代の吾助にとって、勝手知った他人の家である。しかし盗賊のように忍びこむのは、初めてのことだろう。裏庭をつたい、

「ここ、ここの内側の部屋が、代官の荒井甲之助です」

雨戸を指さした。緊張した、掠《かす》れた声だった。

仁左が小柄《こづか》をふところから取り出し、溝に刺しこみ一枚を浮き上がらせると、

玄八がそれをはがすように取り除いた。

（この人ら）

吾助は思うが、もう驚かなかった。

雨戸に口がぽかりと開き、内側はさらに暗い。廊下があり、障子が外からの淡い明かりでかすかに見える。四つの影が中に消えた。外に残った吾助から、四人が障子を開け部屋の中に入ったのが影の動きから感じられた。

つぎの瞬間だった。染谷が寝ている男の首を締めるように抱えこむなり、仁左と玄八がその体を持ち上げた。男はさすがに目が覚めよう。だが、体が宙に浮いている。身動きもとれない。

「うううっ」

うめいたときには、

「うわっ」

裏庭に放り出された。そこには吾助が寒さも忘れ、立っている。

男は叫び声を上げようとしたが、のど元に刀をあてられているのに気づき、息を呑んだ。

忠吾郎の声だ。

「どうだ、代官に間違いないか」

「ううう」

うめく男の顔を、吾助はのぞきこんだ。

「ま、間違いありませぬ」

代官の荒井甲之助は、驚愕のなかに声を絞り出した。

「お、おまえ、吾助！」

つぎの刹那《せつな》、染谷が、

「身に覚えがあろう。許せぬ！」

言うなり心ノ臓を脇差でひと突きにし、同時に背後からも仁左が脇差の切っ先を突き立てた。刺すとき、染谷も仁左も躊躇の念を払うことができたのは、荒井甲之助の妻子が江戸府内に住み、代官所内に居住していないことであった。

「ううう」

うめいたのは吾助だった。

荒井甲之助は声もなく即死だった。

「さ、おまえは早う」

「へ、へえっ」

吾助は忠吾郎に言われ、さっき入った勝手口から飛び出し、走った。

屋内でさすがに気づいた者がいた。若党の三人だ。吾助の描いた絵図面では、三人はすぐ近くの部屋に寝起きしている。そのとおりだったようだ。

「なにごと！」

縁側に走り出て来て、雨戸一枚が開いたすき間から顔をのぞかせた。刀を手にしている者は一人で、まだ三人とも事態がわかっていない。

忠吾郎が一喝するように言った。

「高札にてわれらを排除するは許せぬ。山より降りて成敗したり！」

「高札？　狐、か？」

瞬時、若党らは混乱したが、庭先に人間らしきものが横たわっているのに気づき、同時に血の臭いもする。事態に気づいたか二人が、

「お代官！」

部屋に飛びこみ、刀を持っていた者が、

「うぬら、賊か！」

廊下に立ったまま抜こうとした。

が、抜き放つより仁左の動きのほうが速かった。

「崇《たた》りと思え！」

廊下近くに踏みこむなり、抜き身のまま手にしていた脇差の切っ先を逆袈裟《ぎゃくげさ》に斬り上げた。手応えはあったが、深手でないのは感触からわかる。致命傷にはならないだろう。だが、その衝撃から若党は刀を抜かないまま、

「ぎぇーっ」

悲鳴を上げ庭先に崩れ落ちた。

「お代官がいない！」

「出合えっ、曲者！」

屋内から聞こえた。だが母屋にいるのは女中たちで、混乱を呼ぶのみである。捕方はおもてのほうの長屋に起居《ききょ》している。聞こえたかどうかわからない。叫んだ若党二人は刀を手にしていない。とっさに裏庭へは飛び出せない。

「退《ひ》け」

忠吾郎の号令で、仁左と染谷と玄八が三人がかりで荒井甲之助の死体を持ち上げ、忠吾郎につづいて勝手口から走り出た。吾助の姿はもうどこにも見えない。策では、忠吾郎の号令で玄八が死体を背負い、仁左と染谷が追っ手の若党や中間たちと刃《やいば》を交えて防ぎ、

「――二、三人、斬り殺しても仕方がないか」

言っていたのだが、斬ったのは一人ですんだ。それも致命傷ではない。忠吾郎も鉄の長煙管を、武器として使うことはなかった。

代官の死体を担いで走り、背後で騒ぎが聞こえたのは、現場の代官所をかなり離れてからであった。


甚太と伴太の子供二人の叫びは効いていた。名主やその近辺の家の者がようすを見るため外に飛び出したのは、東の空がようやく白みはじめてからだった。

代官所が大騒ぎになっている。代官が斬られたらしいが、その死体がどこにも見当たらない。名主の号令で大勢の村人が一斉に走り出た。その中の一人が、死体を見つけた。〝告狐〟の高札の下にころがっていた。

これには甚太と伴太も声を上げて驚いた。二人とも相州屋で、そこまでは聞かされていなかったのだ。

代官所に知らせる者がいて、若党の役人二人と中間の捕方三人ほどが駈けつけた。日の出はまだだが、周囲はかなり明るくなっている。

高札のまわりには、すでに人だかりができていた。村人たちは、代官所内でもう一人、役人が斬られ、助かりそうなことを知った。同時に、駆けつけた若党の役人二人から、狐が山から降りて来て〝立て札でわれらを排除〟とか〝許せぬ〟とか叫んだと聞かされた。若党の役人二人を含め、一同の目が横たわる死体にそそがれた。

その場で名主をはじめ大人たちは、一緒に走って来ていた甚太と伴太を問いつめた。応えはしどろもどろだった。

二人は札ノ辻の相州屋にいるとき、一歩も外には出ていない。茶店に駆けこんで救われたのも、恐怖に逃げ惑っていたときだったから、そこがどこかはっきり覚えていないだろう。あたりの町のようすを見たのは、きのう品川へ発つときだけだったのだ。

それに二人は、仁左と染谷からも言われていた。

「――見聞きしたこと、べらべら喋ると、おめえたちも代官殺しに係り合った咎で江戸へ連れ戻され、斬首かもしれんぞ」

「おめえたちのせいで、吾助どんもなあ」

それを思えば、頭がますます混乱する。

問い詰められれば問い詰められるほど二人とも、新たな恐怖が混乱する脳裡に走り、その姿はまるで狐が憑《つ》いたようであった。村人たちは甚太と伴太に、いたわりの声をかけはじめた。

日の出となった。

そこへ、どこに隠れていたか吾助が街道のほうからふらふらと歩いて来た。数人が駆け寄り、吾助は代官の死体が高札の下にころがっていることを聞かされ、

(死体が歩いた⁉)

甚太と伴太以上に驚いた。吾助は代官が殺されたのは見ていた。だが、そこから運び出されたのは見ていない。まして高札の下に運ぶなど、聞いてもいないし想像もしていなかった。

自身についても吾助は、

「なにものかに救われ、九死に一生を得ましたじゃ」

村人に語った。疑った者も、背を見れば村を出るときにはなかった刀傷がなまなましく残っている。信用せざるを得ないだろう。

代官が、狐の化身か人間の〝賊〟かわからないが殺害されたとき、甚太と伴太は名主の家にいて、吾助はすぐ村の外に出ていた。村人たちは狐につままれた思いになり、三人に疑いの目を向けることはなかった。

中間の捕方たちが戸板を用意し、ようやく荒井甲之助の骸《むくろ》を代官所に運んだとき、正面門の扉に半紙ほどの貼り紙がしてあった。

――狐の棲家《すみか》

墨書されている。誰の手により貼ったか判らない。ただ畏《おそ》れが感じられ、代官所にも即座に剝《は》がす者はいなかった。形勢が逆転している。

そうしたようすに吾助は、現世《うつしよ》のこととして、

（六公四民が、四公六民に戻る）

ことを確信した。

鎌田村の高札の前にまだ人だかりがしているころ、品川の桔梗屋では、忠吾郎たちがあるじや番頭に見送られ、発《た》とうとしていた。仁左は羅宇屋に戻り、老けづくりの玄八はそば屋の屋台を担ぎ、染谷は遊び人姿になっていた。帰りの人数が来たときより三人減っていることに、桔梗屋のあるじも番頭も質すことはなかった。

おクマとおトラは、一行が札ノ辻に帰ったとき、吾助と甚太、伴太の三人がいなくなっているのを不思議に思うだろう。それへの対応を、忠吾郎はまだ考えて

いない。

四人は一定の間隔を保ち、黙々と歩を進めている。

片側に袖ケ浦の潮騒を聞きながら、染谷結之助はあらためて念じていた。

(これも、隠密廻り同心の務めだぜ)

屋台を担いだ玄八も、おなじことを考えながら歩を踏んでいる。

忠吾郎は念じていた。

(ふふふ、兄者よ。こんな狐じみた策を弄《ろう》したのは、なにもおめえさんに言われたからじゃねえぜ。ともかく鳥居屋敷は、林平兵衛さんや嬉野さんたちが、立て直すだろうよ。これで鳥居家は安泰さ)

仁左も忠吾郎と似たようなことを念じていた。ただその脳裡には、目付の顔が浮かんでいた。


一行の足が高輪大木戸を入り、江戸府内である田町の地を踏んだとき、忠吾郎の脳裡にはもう一つのことがめぐっていた。厄介《やっかい》な問題だ。鳥居屋敷に口入れした、お仙とお絹、それに宇平のことだ。

数日後のことになるが、お絹は腰元の暮らしが、古巣に戻ったようで居心地がいいのか、そのまま揉め事の消えた鳥居屋敷に腰元として残ることを望み、お仙は相州屋の姿にますます共感を覚え、寄子に戻ることを望んだ。宇平はお仙から離れないだろう。

女中頭の嬉野は、相州屋忠吾郎とどう話をつけるか……。筆頭用人の林平兵衛は、早く中間をと催促していた。

文政二年の大晦日《おおみそか》は、すぐ目の前に迫っていた。

年の瀬でなにかと慌ただしかったという所為《せい》ではない。

目付の青山欽之庄と北町奉行の榊原忠之が城中で顔を会わせても、鎌田村が話題になることはなかった。

ただ両者とも別々にであったが、若年寄の内藤紀伊守と殿中ですれ違ったとき足を止め、報告というよりさりげなく言っていた。

「鳥居清左衛門どのは、さすがに将軍家の御使番にございます。知行地にこれといった問題もなく、穏やかに年を越されましょう」

「ふむ」

紀伊守は真剣な表情でうなずいていた。

闇奉行　化狐に告ぐ

一〇〇字書評

切り取り線

購買動機（新聞、雑誌名を記入するか、あるいは○をつけてください）	
□（　　　　　　　　　　　）の広告を見て	
□（　　　　　　　　　　　）の書評を見て	
□ 知人のすすめで	□ タイトルに惹かれて
□ カバーが良かったから	□ 内容が面白そうだから
□ 好きな作家だから	□ 好きな分野の本だから

・最近、最も感銘を受けた作品名をお書き下さい

・あなたのお好きな作家名をお書き下さい

・その他、ご要望がありましたらお書き下さい

住所	〒				
氏名		職業		年齢	
Eメール	※携帯には配信できません	新刊情報等のメール配信を 希望する・しない			

この本の感想を、編集部までお寄せいただけたらありがたく存じます。今後の企画の参考にさせていただきます。Eメールでも結構です。

いただいた「一〇〇字書評」は、新聞・雑誌等に紹介させていただくことがあります。その場合はお礼として特製図書カードを差し上げます。

前ページの原稿用紙に書評をお書きの上、切り取り、左記までお送り下さい。宛先の住所は不要です。

なお、ご記入いただいたお名前、ご住所等は、書評紹介の事前了解、謝礼のお届けのためだけに利用し、そのほかの目的のために利用することはありません。

〒一〇一‐八七〇一
祥伝社文庫編集長 坂口芳和
電話 〇三（三二六五）二〇八〇

祥伝社ホームページの「ブックレビュー」からも、書き込めます。
http://www.shodensha.co.jp/bookreview/

祥伝社文庫

闇《やみ》奉行《ぶぎょう》　化狐《ばけぎつね》に告《つ》ぐ

平成30年2月20日　初版第1刷発行

著　者　喜安幸夫《きやすゆきお》

発行者　辻　浩明

発行所　祥伝社《しょうでんしゃ》
東京都千代田区神田神保町3-3
〒101-8701
電話　03（3265）2081（販売部）
電話　03（3265）2080（編集部）
電話　03（3265）3622（業務部）
http://www.shodensha.co.jp/

印刷所　萩原印刷
製本所　ナショナル製本
カバーフォーマットデザイン　中原達治

Printed in Japan ©2018, Yukio Kiyasu　ISBN978-4-396-34396-5 C0193